505
+B

Ye

1223

POEME

SVR

LA GRACE,

SELON LES SENTIMENS
DE SAINT AVGVSTIN,

Expliquez par Monfieur Le Moyne.

Compofé par L. M. D. L. V. R. D. S. T.
(fa mère de la Vierge, religieuſe de St Thomas)

D⁰ No 575.

A PARIS,

Chez Edme Martin, ruë S. Iacques,
au Soleil d'or.

M. DC. LIV.

Auec Priuilege & Approbation.

Extraict du Priuilege du Roy.

PAR Grace & Priuilege du Roy, il eſt permis à Edme Martin Imprimeur à Paris, d'imprimer vn Liure intitulé, *Poëme ſur la Grace*, *ſelon les ſentimens de S. Auguſtin expliquez par Monſieur le Moyne*, compoſez par *L. M. D. L. V. R. D. S. T.* Et ce pendant le temps & eſpace de neuf années conſecutiues. Auec defenſes à tous Libraires & Imprimeurs d'imprimer ledit Liure, ſous pretexte de déguiſement ou changement qu'ils y pourroient faire, à peine de confiſcation, & de l'amende portée par ledit Priuilege. Donné à Paris le 22. Decembre 1653.

Signé, Par le Roy en ſon Conſeil,
GVITONNEAV.

La premiere impreſſion acheuée le 3. Iuillet 1654.

Approbation des Docteurs.

NOVS ſoubſignez Docteurs en Theologie de la Faculté de Paris, certiſions auoir leu vn liure intitulé, *Poëme de la Grace, &c.* & n'y auoir rien trouué de contraire à la Foy, ny aux bonnes mœurs. Fait à Meaux ce 20. Iuin 1654.

Signé, CAGNET, & DE POLANGIS.

ã ij

CORRECTIONS.

PAGE 7. ligne 15. *immolant*, lifez *confacrant* : & ligne 17. *étouffant*, lifez *immolant*. Page 34. ligne 14. *fon*, lifez *leur*. Page 37. ligne 3. *les grandeurs miferables*, lifez *d'illuftres miferables*. Page 39. ligne 10. *Et comme*, lifez *Mais comme*. Page 40. ligne 16. *Ne fait rien de parfait fans eftre rétablie*, lifez, *Ne fait point de vray bien fans eftre rétablie.* Page 62. ligne 6. *les criminels*, lifez *les aueugles*. Page 73. ligne 12. *le connoiftre*, lifez *fe connoiftre*.

REMER-

REMERCIMENT
A LA SAINTE VIERGE,
POVR LA DECISION
des *Queſtions du Temps.*

PREFACE.

ERE *de l'Homme-Dieu, qui s'eſt ren-*
du *la voye*
Pour nous conduire au ſein de la
diuinité,
Dans ce ſeiour de gloire & de felicité,
Augmentez auiourd'huy voſtre celeſte ioye :
Vous chaſſez noſtre nuit par ces diuins rayons,
Qui de la grace ſaincte expriment les crayons :
Et ce ſein qui porta l'eternelle lumiere
Où le Ciel renferma ſes plus viues beautez,
Où l'on veid ſous vn corps la verité premiere,
Eſt l'illuſtre canal d'où ſortent nos clartez.

En S. Iean
ch. 14.
Ego ſum
via, &c.

Gaude Ma-
ria Virgo.

A

C'eſt voſtre ſeule main qui ſçait briſer la teſte
De ce ſerpent ſubtil qui pique en trahiſon,
Dont le venin fatal corrompt noſtre raiſon
Et fait de nos eſprits vne illuſtre conqueſte :
Dans l'aimable Iardin de la felicité
Vous receuſtes ce droit du Dieu de Maieſté ;
Et vous eſtes la femme en vertu ſans pareille,
Dont le bras triomphant du pouuoir des enfers
Dethroſne le demon, & d'vn coup de merueille
Chaſſe noſtre ignorance & rompt nos triſtes fers.

Cúnctas hæreſes ſola interemiſti in vniuerſo mundo.

En la Geneſe, ch. 3. Ipſa conteret caput euum.

L'erreur qui dans nos cœurs imprime la malice,
Ce principe fatal de nos communs malheurs,
Qui fit naiſtre l'eſpine à la place des fleurs
Dés le moment qu'Adam nous tranſpira le vice,
Se diſſipe au leuer de ce charmant Soleil
Où l'Eternel choiſit ſon throſne ſans pareil :
Et le diuin regard de la Mere du Verbe
(Mieux que l'aſtre du iour ne chaſſe noſtre nuit)
Eſtouffe l'Hereſie, & ce monſtre ſuperbe
Sans puiſſance auprés d'elle à ſon aſpect s'enfuit.

Cette Vierge, ce Ciel où l'Eternel s'exprime,
Dont le diuin esprit par vn souffle charmant,
Allume tous les feux, regle le mouuement,
N'a iamais fait briller de clarté plus sublime
Que dans ces iours heureux, où d'vn rayon sans prix,
Elle écarte l'erreur qui s'en prend à son Fils,
Luy dérobant le nom du Redempteur du monde,
Quand l'ingrate aux bontez du Monarque des Roys
Regardant de son cœur la blessure profonde,
OZe douter des feux qui l'attachent en croix.

Vous n'auez pû souffrir, adorable MARIE,
Le detestable cours de cette impieté,
Ayant esté témoin de cette charité;
Qui pressa Iesus-Christ de nous donner la vie:
Que si son sang diuin coule sur ses bourreaux,
Qui pourroit arrester le cours de ses ruisseaux,
Qui dans tout l'Vniuers font leur celeste course,
Et doucement poussez du Zephire des Cieux,
Veulent nous reünir à leur diuine source,
Et nous éleuer tous au seiour glorieux?

A ij

Adorable Sauueur, mon amour & ma gloire,
De qui tous les mortels épreuuent la bonté,
On ne doutera plus de cette verité;
L'Eglise a prononcé, maintenant il faut croire :
Le sacré truchement de ton diuin esprit,
Qui sçait par sa lumiere expliquer ton écrit,
A decidé ce poinct en sa docte assemblée.
Aux accens de la voix qui nous ouure ton cœur,
De quel diuin plaisir l'ame est-elle comblée,
Sçachant qu'asseurément elle t'a pour Sauueur ?

Iamais le vieux nocher, lors que le noir orage
A l'horreur de la nuit ioint ses obscuritez,
Ne receut tant de ioye à l'aspect des clartez,
Que le pere du iour porte sur son visage,
Que ressent le pecheur qui voit couler ce sang,
Où l'Eglise luy dit qu'il peut deuenir blanc,
Et qu'il coule à dessein d'effacer sa malice;
Que IESVS meurt en croix pour chaque criminel,
Que pas un n'est exclu de ce grand sacrifice,
Qui satisfait pour tous le Monarque eternel.

La voix du Souuerain d'vn pouuoir ſans meſure
Fit la terre, les mers, les cieux & le ſoleil ;
Et la voix de l'Egliſe en ce iour ſans pareil
Enfante le plaiſir de toute la nature :
Les eſprits en ſuſpens deſſus vn poinct faſcheux
Doutans de leur bonheur ſe rendoient malheureux :
Mais maintenant la Foy chaſſe noſtre ignorance,
Chacun connoiſt le bien qu'il tient de ſon Sauueur,
Chacun à ſon amour ralume l'eſperance,
Et chacun ſçait qu'il peut iouïr de ſa faueur.

Il ſemble qu'en ce temps où tout ſe renouuelle,
Flore deſſus ſon tein ait quelque éclat nouueau,
Que le doux roſſignol entonne vn air plus beau,
Que l'aube à ſon leuer ſe faſſe voir plus belle,
Que le petit Zephire ait vn ſouffle plus doux,
Que l'eau flatte en tombant le ſable & les cailloux,
Que l'air ſoit plus ſerain, plus temperé, plus calme,
Que le Ciel ſoit plus clair, que les iours ſoiẽt plus grãds
Et qu'vn éclat plus vif embelliſſe la palme
Pour couronner le front de nouueaux conquerants.

Ils ne reduifent pas fous le ioug de leur gloire
L'Empire glorieux des Roys Aſſyriens,
Ils ne triomphent pas des ſuperbes Troyens,
C'eſt peu pour leur grand cœur qu'vne telle victoire:
Ils ſurmontent cedant le vainqueur des vainqueurs,
Et détruiſant l'orgueil dans le fond de leurs cœurs
Ils s'acquierent du Ciel l'incomparable empire,
Et dans le ſein fameux de leur humilité
Ils rencontrent la gloire où tout le monde aſpire,
Et dont chacun s'éloigne aimant la vanité.

Par vn ordre ſacré du Monarque ſupréme,
Tout rencontre ſa gloire en la ſoûmiſſion
Au principe éleué de ſa perfection,
Qui luy tranſpire vn bien qu'il n'a pas de luy-méme:
L'Ange du Cherubin emprunte ſa clarté,
Son humble dépendance acheue ſa beauté;
Et la raiſon qui ſort de la Cauſe premiere,
Ainſi que le rayon qui dépend du Soleil,
Doit touſiours eſtre vnie au centre de lumiere,
Pour conſeruer l'éclat de ſon iour ſans pareil.

Ce ruiſſeau de clarteʒ qui prend du Ciel ſa courſe,
Si toſt qu'il s'en ſouſtrait perd ſes riches treſors,
Et pour ſe conſeruer il fait de vains effors,
Il perit dés qu'il eſt ſeparé de ſa ſource :
La ſcience de Dieu, ſon iour, ſa verité,
Doit appuyer l'eſprit, doit eſtre ſa clarté,
Il n'eſt rien, ne peut rien, & n'a rien, de luy-méme ;
Il panche à ſon neant ſi Dieu ne le ſouſtient :
Mais ſa ſoûmiſſion à ſa grandeur ſuprême,
L'illuſtre, l'affermit, l'éleue & l'entretient.

Cét eſtre indépendant de qui nous tenons l'eſtre,
Doit tenir ſous le ioug de ſa diuine loy
L'entendement captif de l'ombre de la Foy ;
Et cette ingenieuſe auec vn coup de Maiſtre,
Sçait en nous immolant au pied du ſainct Autel,
L'art de faire mourir vn eſprit immortel,
Etouffant la clarté qui luy tient lieu de vie :
Mais offrant ce tribut à la diuinité,
Elle couronne en Roy, le captif qu'elle lie,
Et le comble de gloire & de felicité.

Ainſi dans ce combat à diuerſe repriſe,
En qui l'eſprit armé de diuers argumens,
Et l'Eloquence en pompe auec ſes ornemens ,
Eſtalloient leurs beautez au clair œil de l'Egliſe :
De ce Iuge ſacré qui n'eſt iamais ſurpris ,
La Verité diuine ayant gagné le prix,
Des deux diuers partis aprés cette victoire,
On ne peut diſtinguer le vaincu des vainqueurs :
Chăcun d'eux porte au front la couronne de gloire,
Et chacun dans la main a la palme & les fleurs.

Baiſſez vos yeux diuins pour voir ce beau ſpectacle,
Il eſt digne, grand Dieu, de voſtre attention ,
Les illuſtres enfans de la ſaincte Sion
Ont auecque reſpect receu ſon digne oracle :
Des Diſciples fameux du celebre Auguſtin
Voſtre gloire eſt le but, voſtre amour eſt la fin , [ge,
S'ils ont pour voſtre honneur entrepris quelque ouura-
Pour voſtre meſme honneur ſoûmettant leur clarté ,
Leur grandeur s'eſtablit à vous rendre vn homage,
Et ceder aux attraits de voſtre verité.

                                              L'in-

L'incomparable Saint qu'ils ont tenu pour maistre,
Sur son exemple illustre a reglé leurs esprits,
Ce docte a confessé, qu'il s'est souuent mépris,
Et qu'il n'est que Dieu seul qui puisse tout connoistre;
Que luy seul doit guider nostre foible raison,
Qui s'égare aussi tost qu'elle sort de prison;
Que la Foy seulement a sa clarté solide,
Qu'il n'est que Pierre seul qui ne sçauroit errer;
Que c'est l'œil de ce corps sur qui seul il preside,
Qui seul doit le conduire, & seul peut l'éclairer.

Aprés l'acte sans prix de ces grands personnages,
Dont mon esprit a peine à n'estre pas ialoux,
De celuy qui se tait, ou qui parle pour vous,
Apprenez moy grand Dieu les diuers aduantages:
Vostre diuin esprit par vn souffle amoureux
Dans le mesme brasier allume tous leurs feux.
Si la flamme des vns porte plus de lumiere,
Pour conduire nos pas dans ce desert obscur:
Les autres renonçant à leur erreur premiere
Peuuent auoir au cœur vn amour aussi pur.

B

Recompenſe les tous d'vne couronne illuſtre,
Nous ingerons du prix dedans l'Eternité,
Cependant deuoilons la ſaincte verité
Qu'vn celebre Docteur nous fait voir dãs ſon luſtre:
Aprés vn long trauail pour le Ciel entrepris,
Le Ciel a par ſa voix approuué ſes écrits,
L'Egliſe a confirmé ſa ſolide doctrine,
Et d'vn iour eternel ſuiuant le beau rayon,
Il a dans ſon traité de la grace diuine,
De noſtre ſaincte Bulle ébauché le crayon.

Par vn zele hardy qui fait tout entreprendre,
Mon cœur remply de foy, mon eſprit meu des Cieux,
I'oze reduire en vers ce traité pretieux,
Et parler d'vn ſuiet qu'à peine on peut comprendre.
Dieu qui ſe plaiſt en moy d'agir ſur le neant [geant;
Fait quand il veut, qu'vn nain marche comme vn
Rien à ce grand pouuoir n'eſt iamais difficile,
Vn muet dans ſes mains deuient vn orateur,
L'aſneſſe ſçait parler, & la terre ſterile
Porte dés qu'il luy plaiſt & le fruit & la fleur.

Ainſi dans cét ouurage où ſon vouloir me lie,
Si l'on rencontre rien qui plaiſe à ſon lecteur:
La gloire s'en doit toute à mon ſupréme autheur,
Dont ie tiens mes clarteʒ auſſi bien que ma vie,
Sans ce diuin Soleil, ie ſuis vn tronc ſeché,
Qui porte pour ſon fruit la mort & le peché,
Et deſſus le panchant du neant & du crime
Mon ame periroit dedans vn double écueil,
Sans le puiſſant ſecours de cét eſtre ſublime,
Et de mes propres mains i'ouurirois mon cercueil.

 Mere de cét Autheur de la Grace & de l'eſtre,
De qui ie tiens la vie, & i'attens le ſalut,
Prend ſoin de ce trauail dont ta gloire eſt le but,
Et fauoriſe vne œuure où ton nom doit paroiſtre.
A toy ie la dedie, ô Reyne de mon cœur!
Ie m'immole en eſclaue à ta haute grandeur,
Et tout ce que ie ſuis ou ce que ie puis faire,
Eſt ton propre, eſt ton bien, eſt dépendant de toy:
Dedans tous mes deſſeins ie cherche de te plaire,
Et reduire chacun ſous ta diuine loy.

Accomplis ce defir diuine creature,
Et fais que l'Efprit Sainct tranfpire en mes écrits,
Ce rayon triomphant des rebelles efprits,
Qui flechit à fon gré la fuperbe nature :
Ma Reine, il ne faut point que nul foit excepté,
Mais foumis fous le ioug du Dieu de verité,
Que chacun foit vny dans le fein de l'Eglife :
Acheue ton ouurage en ce bien-heureux iour,
Ioins la flamme aux clartez, & par ton entremife,
Que chacun ait au Ciel, le prix de fon amour.

S'il s'en trouue quelqu'vn de qui l'ame fuperbe,
Ne veuïlle pas fléchir fous l'empire des cieux,
Monftre à ces endurcis ton pouuoir glorieux :
Que ces Cedres hautains foient renuerfez fous l'herbe,
Que la voix de ton Fils d'vn ton de Maiefté,
Ou les faffe ployer fous fon authorité,
Ou que le coup ardant de fa diuine foudre,
Vengeant l'iniure faite au nom de Redempteur,
Reduife ces ingrats en vn monceau de poudre,
De qui l'erreur s'en prend à leur Liberateur.

Sa voix comme vn Soleil qui monſtre toutes choſes,
Fera voir dans ſon iour, dont l'éclat eſt ſans prix,
L'interieur caché de ces ſubtils eſprits ;
Et de leurs actions déuelopant les cauſes,
Le Public apprendra que ceux qui ſont ſoûmis,
Et de leur propre ſens ſe ſont enfin démis,
Auoient eſté ſurpris d'vn veritable Zele :
Mais que l'eſprit rebelle au ſuprême Paſteur,
Porte vn orgueil ſecret, dont la moindre étincelle
Conſume les vertus, & noircit noſtre cœur.

Le Chreſtien bien inſtruit ſe rendra ſans excuſe,
S'il ſe laiſſe ſurprendre à ces ſeditieux ;
Lors que l'Egliſe parle, il faut ouurir les yeux,
Où chacun eſt coupable auſſi-toſt qu'on l'abuſe :
Qu'on ne me parle plus de ces ſeueres mœurs,
De l'aumoſne & des biens que font ces nobles cœurs,
Si l'on remarque en eux aucune reſiſtance :
Depuis que ſur la Croix vn Dieu meurt icy bas,
Il a mis à tel poinct vne humble obeïſſance,
Qu'il n'eſt point de vertu, lors qu'on ne fléchit pas.

B iij

Fameux Tertullien, qui fis rougir ta gloire,
Par l'vnique defaut de ta tenacité :
Dis nous que t'a seruy ta longue austerité,
Si ton trauail est vain, ton combat sans victoire ?
Et toy Monstre abbatu par les traits d'Augustin,
Pelage corrompu dans ta source & ta fin,
Quel profit tires-tu de ta seuere vie,
Si la funeste erreur qu'enfante ton orgueil,
Tache ces actions que respecta l'Enuie,
Et te fait dans le port rencontrer vn écueil ?

Le diuin Paul m'apprend, que sans la sainte Grace,
Il n'est point d'action digne de l'œil des Cieux,
Et le méme nous dit que ce don precieux,
Ce solide brillant par qui le iour s'efface,
N'est iamais sans la foy qui nous soûmet à Dieu,
Et fait croire à celuy qui nous parle en son lieu,
Sur tout quand il decide en sa sainte assemblée,
Assisté d'vn conseil aussi docte que sainct,
Dont la forte raison ne peut estre troublée,
Conduite par vn iour qui iamais ne s'esteint.

Il n'eſt donc rien de grand hors du ſein de l'Egliſe,
Il n'eſt rien de parfait qui ne ſuiue ſes loix;
Les brebis du Seigneur doiuent ouïr ſa voix,
Et ſuiure ſes attraits ſans aucune remiſe:
C'eſt en vain qu'on elude, il faut venir au but,
Renoncer à ſon ſens ou bien à ſon ſalut,
Hors du Vaiſſeau de Pierre il faut faire naufrage.
Qu'on ne ſe ſerue point de pretexte pieux,
Il n'eſt point de vertu ſi l'on ne rend hommage,
De tout ce que l'on eſt au Monarque des Cieux.

En vain veut-on iuger du pouuoir de la Bulle,
En vain veut-on peſer les mots qui ſont dedans,
Et ſous la cendre en vain couurant des feux ardans
Vn eſprit alteré ſe cache & diſſimule:
La Verité de Dieu comme vn diuin flambeau,
En éclairant l'Egliſe auec vn iour nouueau,
Luy fera dans ce iour connoïſtre le rebelle:
Lors d'vn ordre abſolu pour éuiter l'abus,
Elle l'arrachera de la troupe fidelle,
Afin que ſon venin ne la corrompe plus.

Elle ſçait tout fléchir par amour ou par force,
Sans qu'il ſe trouue vn traict qui puiſſe la bleſſer:
Le bras qui la combat ne la peut offenſer,
Touſiours contre elle en vain le rebelle s'efforce,
Selon ce qu'il luy plaiſt par ſes arreſts diuers,
Elle ferme les Cieux, elle ouure les Enfers:
Si la fureur des Roys l'afflige & la tourmente,
Le ſang de ſes Martyrs illuſtre ſes beautez;
Et ſi l'Enfer éleue vne erreur inſolente:
Sa nuit fait éclater les ſaintes veritez.

Comme on voit de nos mers les vagues furieuſes,
Au poinct que la tempeſte enfante les éclairs,
Faiſant contre vn rocher cent mil efforts diuers,
Pour abbaiſſer ſon front ſous leurs ondes fameuſes,
Se deſtruire au moment qu'elles l'oſent toucher:
De méme de Sion l'immuable rocher,
Cette Pierre ſur qui Dieu fonde ſon Egliſe,
Ferme à tous les aſſauts que luy liure l'Enfer,
Triomphe de ſa force, élude ſa ſurpriſe,
Et le défait ſouuent auec ſon propre fer.

Dieu

Dieu ialoux de l'honneur de sa celeste espouse,
Luy donne vne grandeur à l'épreuue du temps ;
Tousiours dans son iardin regne le doux printemps,
Couronné de ses fleurs que l'esprit sainct arrouse :
Rien ne peut renuerser ce que soustient son bras,
Tout le Ciel ny l'Enfer ne l'ébranleroient pas,
Et quelque esprit mutin croira luy pouuoir nuire?
Il est vray qu'égaré du chemin du milieu,
Il se pourra damner, il en pourra seduire,
Mais il ne peut rien faire à l'Eglise de Dieu.

En vain demande-t-on qu'vn celebre Concile,
Par les échos du Ciel nous exprime ses loix :
L'Esprit qui du sainct Pere organise la voix,
Et luy fait découurir l'erreur la plus subtile,
Par le mesme rayon de sa viue clárté,
Aux Prelats assemblez monstrant la verité,
Leurs Sentences seront conformes à la Bulle,
D'anathémes nouueaux remplissant leurs Decrets,
Contre l'ame superbe, & l'esprit ridicule,
Qui n'a pas du S. Pere obserué les Arrests.

C

Ce n'eſt donc qu'exiger vn moment de relaſche,
De vouloir vn Concile auec empreſſement,
Et n'ayant pas le cœur de fléchir promptement
Monſtrer à tous ſon foible & ſon courage laſche :
Et faire ſoupçonner auec quelque raiſon,
Que ceux-là dans leur cœur gardent vn noir poiſon,
Qui marchent ſur les pas des autres heretiques,
Qui demandant d'abord vn Concile comme eux,
Promettant d'y ceder en termes authentiques,
Ne ſe ſont point rangeZ ſous ce ioug bienheureux.

Aprés auoir tracé la vertu la plus pure,
Dedans ces hauts diſcours de la perfection,
Si l'on n'en vient iamais à l'execution,
On ſe rend plus difforme auprés de ſa peinture ;
Et loing de conſeruer ce credit glorieux,
A tout eſprit bien fait ſe rendant odieux,
Chacun les regardant ſera dans la ſurpriſe,
Et ne comprendra pas que tant d'eſprits ſi forts,
Se trompent iuſqu'au point en combattant l'Egliſe,
De faire aux yeux de tous d'inutiles efforts.

Ne siéroit-il pas bien à de petits Pygmées,
D'entreprendre à luitter contre quelque Geant,
On doit plus s'estonner de voir que le neant ,
Voulant se mesurer au grand Dieu-des Armées;
Attaque insolemment l'Eglise qu'il soustient ,
Que son esprit conduit , que son souffle entretient;
Et sans auoir égard à sa toute-puissance,
Poussé du vent fatal de quelque passion,
Flatte sa vanité d'vne vaine esperance,
De pouuoir reüssir dans sa pretention.

Que ce siecle grand Dieu! dedans son long espace,
Ne puisse iamais voir aucun monstre si fier :
Et que l'Eglise en paix sous vn doux Oliuier,
Ne verse dessus nous que des torrens de grace.
Toy qui dedans ton sein renferme ses tresors,
Et gouuerne le chef de cet illustre corps,
Obtiens nous ce bonheur, adorable MARIE;
Fais plier sous son ioug les plus superbes cœurs,
Et sensible aux souspirs de l'ame qui te prie ,
Vnis à ses lauriers, les myrthes & les fleurs.

POEME
SVR
LA GRACE
SELON LES SENTIMENS
DE SAINCT AVGVSTIN
Expliquez par Monſieur LE MOYNE.

 A ſage Antiquité fit la Vertu ſi belle ,
Qu'il fut dit que chacun ſeroit amoureux d'elle,
Si les diuins attraits qu'elle apporte des Cieux
Pouuoient eſtre vn moment viſibles à nos yeux:
Mais ſi ce bel éclat qui iamais ne s'efface,
Si ce luſtre pompeux s'emprunte de la Grace,
Si c'eſt l'ame, la vie, & toute la beauté
Qui ſeule donne prix à cette qualité:
Qui peut faire, ô mortels! ſa diuine peinture?
Eſt-il quelque beauté pareille en la nature?
La puis-ie figurer auec l'éclat des fleurs,

PRELVDE.

C iij

Ou par l'aſtre brillant qui meſle leurs couleurs ?
Et l'Inde en ſes threſors de Pierres ſans pareilles,
Peut-elle rien former d'égal à ſes merueilles ?
Si le moindre rayon dont elle orne le cœur,
Rend amoureux de nous noſtre ſupréme autheur.

Invocation.

    Mais pour nous obliger à luy rendre vn hommage,
S'il me faut toutefois ébaucher ſon image,
Ciel, qui veux m'inſpirer de tracer ce tableau,
Du fameux Auguſtin preſte moy le pinceau.
Ce peintre merueilleux dans ſa grace eminente
Peut ſeul en bien tracer la peinture brillante,
Seul comme ſon Chef-d'œuure il connoiſt tous ſes traits,
Et ſeul il peut au iour étaler ſes attraits.

    Mais qui ſuis-ie grand Dieu ? ſi ton feu ne m'éclaire,
Pour oſer trauailler ſur ce digne exemplaire :
Quel Aigle ſans pareil me preſtera ſes yeux,
Pour ne pas m'aueugler à cet Aſtre des Cieux ?
Toy ſeul qui du neant ſceus tirer la Nature,
Tu peux de mon neant tirer cette peinture ;
Auſſi ie l'entreprends ſur l'appuy de ma foy
Et puiſque l'on peut tout, lors qu'on eſpere en toy,
A l'ombre de ton nom commençons noſtre ouurage,
Et du Docte Auguſtin empruntons le langage.

*Deſſein du
Poëme tiré de
S. Auguſtin, au
liure de l'eſprit
& de la lett.
chap. 29.
  Per legem cogni-
tio peccati, per fi-
dem impetratio
gratiæ contra pec-
catum, per gratiam
ſanatio animæ à
vitio peccati : per
animæ ſanitatem
libertas arbitrij :
per liberum arbi-
trium dilectio iu-

    * Dans nos obſcuritez la loy comme vn flambeau
Nous monſtre le peché qui nous ouure vn tombeau :
La Foy pour nous garder de ce monſtre funeſte
Nous impetre du Ciel vne grace celeſte :
La grace du Sauueur d'vn pouuoir ſans égal
De l'ame qui languit ſçait diſſiper le mal,

Et chaſſant le venin qui ſuffoque ſa vie
Tire la liberté hors de ſa letargie;
Lors par ce prompt ſecours la libre volonté
Peut cherir la vertu, peut aimer l'equité,
Et noſtre cœur bruſlant d'amour pour la Iuſtice,
Prend ſon plus cher plaiſir à courir dans ſa lice.

   Cette ſuite ſacrée ainſi qu'vn doux lien
Vnit la terre au Ciel, l'homme au ſouuerain Bien.
Et des ſacrez motets du Liure prophetique
Forme les doux accords d'vn concert de muſique.

   La loy defend le vice à peine de mourir,
La Foy connoiſt ſon mal & demande à guerir,
La Grace nous inſtruit, aprés la penitence
De ne retourner plus à la premiere offenſe :
La ſanté rétablie exprime auec plaiſir
Que le Ciel eſt touché de ſon humble ſoûpir :
Le libre arbitre humain chante dans ſa partie
Qu'il offre à l'Eternel librement ſon hoſtie.
Et le celeſte amour pouſſant ſa douce voix,
Dit qu'il n'eſt rien d'égal aux charmes de nos loix.

   Cette chaiſne du Ciel celebre en ſon iſſuë,
Du ſubtil Auguſtin ſi doctement tiſſuë,
Par trois chaiſnons diuers éclatans de beauté
Fait la diuiſion de cet ample traitté.

   De ces premiers rayons l'entendement s'éclaire,
Et connoiſt que la Grace eſt vn don neceſſaire,
Si la loy qui commande, & qui ne donne rien,
L'oblige de prier pour obtenir ce bien.

   Par le ſecond brillant de ma viue lumiere

ſtitiæ : per iuſtitiæ dilectionem legis operatio.
Ce qu'il explique par l'Eſcriture en ces termes.

Pſ. 40. Lex dicit non concupiſces : fides dicit, ſana animâ meâ quia peccaui tibi: Gratia dicit, ecce ſanus factus es, noli ampliùs peccare:ſanitas dicit, Domine Deus meus, clamaui ad te & ſanaſti me : liberum arbitrium dicit, voluntariè ſacrificabo tibi : dilectio iuſtitiæ dicit, narrauere mihi iniuſti delectationes ſuas, ſed non vt lex tua Domine.

Io. 5.

Pſ. 29.

Pſ. 53.

Pſ. 115.

Diuiſion du Poëme.

I. PARTIE.

II. PARTIE.

Ie voy dans ton miroir, ô Verité premiere,
La nature fecrette & les charmes diuers,
Dont ta grace fe fert pour gagner l'Vniuers.

III. PARTIE.

Et ma Mufe à la fin de ma fameufe lice,
Chantera fes effets parlant de la Iuftice.
Mais cependant voyons par l'œil de noftre Foy,
La fource de ce bien qui rend l'efclaue Roy.

Explication du nom de Grace.

La Grace eft vn prefent plein de magnificence,
A qui l'amour diuin a donné la naiffance ;
C'eft l'enfant bien aymé de fa celefte ardeur,
Qui retient de fon Pere vne viue fplendeur,
Par qui Dieu nous conduit, du thrône qu'il habite,
Lors qu'il donne ce bien qui préuient tout merite,
Qu'on ne peut meriter par trauail ny par foin,
Dont chacun eft indigne, & dont tous ont befoin.

Grace generalement prife felon toute l'étenduë du mot.

Si dans fon eftenduë on veut prendre la Grace,
Tout le bien eft compris dedans fon large efpace :
La vie, & la raifon, l'eftre, la liberté
Marquent deffus chacun fa liberalité,
Qui par vn double effort nous tire de l'abifme
Et du neant de l'eftre, & du neant du crime.

Acception propre du mot de Grace.

Mais la Grace qui fait vn faint d'vn criminel,
Eft vn don precieux, vn bien furnaturel,
Vn mouuement qui tend au centre de la gloire,
Le germe glorieux qui produit la victoire ;
Enfin vn rayon vif, qui d'vn coup plein d'appas
Repare la nature, & qui ne la fait pas.

Mais cet aftre en luifant porte vn iour inuifible,
Ce bien eft poffedé, fans fe rendre fenfible,

Et cette eau merueilleuſe, où s'éteint le peché,
Coule en ſecret ſur nous par vn conduit caché :
Ce n'eſt pas cet éclat de faire des miracles,
Ce n'eſt pas le ſçauoir de nos viuans Oracles,
Ce n'eſt pas ce rayon qui ſonde l'auenir,
Et qui monſtre au mortel ce qu'il doit deuenir ;
C'eſt pourtant vn brillant des ſplendeurs ineffables,
Qui nous donne l'amour, & qui nous rend aimables,
Par lequel Dieu nous aime, & par qui noſtre cœur
Eſt épris de l'amour de ſon ſupréme Autheur.

Eternelle beauté que tout le Ciel admire,
C'eſt le lien ſubtil duquel tu nous attire,
Soit en nous preparant à receuoir la Foy,
Soit en nous inclinant d'obeïr à la Loy,
Soit en purifiant l'ame de ſa malice,
Soit en la confirmant en l'eſtat de Iuſtice ;
Quand par ce feu diuin couronné de clarté
Reſide en noſtre cœur le Dieu de charité.

Ce preſent du tres-haut dans vne ame fidelle,
S'appelle proprement la Grace habituelle,   Grace habi-
Et l'enfant baptiſé qui n'a point de raiſon,   tuelle.
Sans voir poindre ce iour ſur ſon ieune horiſon
Ne laiſſe pas d'auoir cette grace informante
Qui luy donne la vie au poinct qu'elle eſt naiſſante,
Et la bonté de Dieu comme vn large torrent
Qui verſe ſur vn pré ſon threſor tranſparent,
De l'abyſme ſans fond de la diuine eſſence
S'épanche auec plaiſir deſſus ſon innocence.

La Grace qui conſiſte en acte, ou mouuement ;   Grace actuelle.

D

Eſt vn aide diuin, vn adorable aymant,
Vn feu, de qui l'éclat chaſſe noſtre ignorance,
Vne inclination qui meut noſtre puiſſance;
Par laquelle le Ciel, lors qu'il nous porte au bien,
Se rend de nos eſprits la force & le souſtien.

L'Ecole en deux façons, veut qu'on la conſidere,
Lors qu'elle agit en nous, ou qu'elle y coopere;

Grace operante, preuenante & excitante.
En la premiere ſorte elle excite, ou preuient;
En l'autre elle conduit, elle aide, elle souſtient:
En noſtre cœur ſans nous la premiere agiſſante,
Ainſi que du Soleil la lumiere naiſſante
Lors qu'il meſle ſon or à la blancheur des lys,
Agit en nous, ſans nous, ſur nos ſens aſſoupis,
Et l'infirme ſans voir ce doux pere de Flore,
Sent ſoulager ſes maux dés qu'il chaſſe l'aurore.

Grace cooperante ou concomitante.
Mais quand ce iour brillant nous fait ouurir les yeux,
Lors ce pompeux rayon d'vn pouuoir glorieux
Agit aueque nous, s'vnit à noſtre veuë;
Et toutes les beautez dont la terre eſt pourueuë,
Les metaux & les bois, les gazons & les fleurs
Diuertiſſent nos ſens de leurs viues couleurs.

De méme ouurant nos cœurs à ta douce influence,
Soleil de nos eſprits! ta celeſte puiſſance
Trauaille aüeque nous, aide la volonté,
Et redonne la force à noſtre liberté.

Grace efficace.
L'on diuiſe ces dons que le Ciel nous preſente,
En ſecours efficace, & grace ſuffiſante:
De ces deux traits charmans le premier eſt ſi doux,
Qu'on ne reſiſte point à ces aimables coups;

Aussi luy donne-t-on le beau nom d'inuincible,
A qui la volonté se rend tousiours flexible :
Mais comme l'on appelle inuincible vn grand cœur
Qui peut estre vaincu, bien que tousiours vainqueur;
Ainsi ce saint attrait aux douceurs qu'il opere
Rend sa suite infaillible, & non pas necessaire;
Et quelque doux pouuoir que portent ses appas,
On peut les surmonter, mais on ne le fait pas.

L'autre Grace en soy-mesme & moins douce & Grace suffisan-
Agit sur nos esprits de differente sorte, (moins forte, te.
Rarement les mortels pouuans suiure sa voix
Se rendent sous le ioug de ses aimables loix,
Et pour les endurcis ces attraits & ces armes
N'ont pas tousiours l'effect que pretendent ses charmes.

Mais que dira pourtant dedans le dernier iour
Celuy qui de son Iuge a méprisé l'amour,
Et si pour le guider quand la nuit tend ses voiles
Il méprise l'éclat des brillantes estoiles,
Par lequel il eust ioint la clarté du Soleil
S'il ne se fust plongé dans vn profond sommeil;
Car si ce mouuement de la grace parfaite,
Sçait triompher du cœur par sa touche secrete,
Le secours suffisant est vn heureux moyen
Que le Ciel donne au moins pour impetrer ce bien.

S. Aug. au liure
de l'esprit, & de
la lettre c. 32.
Ille reus erit ad iu-
dicium sub pote-
state iudicis, qui
contempserit ad
credendum mise-
ricordiam eius.

Cette fleche du Ciel tousiours victorieuse
Ne blesse pas chacun d'vne atteinte amoureuse,
Et mesmes quelquefois Dieu retire des Saints
Ces clartez & ces feux dont ils estoient attaints;
Afin qu'humiliez au point de leur misere,

S. Aug. liu. de
l'esprit, & de la
lettre ch. 19.
Deus aliquando
etiam iustis alicu-
ius operis iusti
non tribuit, vel
certam scientiam

D ij

vel delectationem
victricem ; vt cog-
noscant non à se
ipsis, sed ab illo si-
bi esse lumen quo
illuminentur tene-
bræ eorum, & sua-
uitatem qua det
fructum terra eo-
rum.

Ils épreuuent combien la Grace est necessaire.

   Mais l'aide suffisant que le Sauueur de tous,
Mourant dessus la Croix, obtint du Ciel pour nous,
Est un present commun que nous fait sa clemence,
Pour viure sous ses loix : si l'homme est sans puissance,
Si captif du peché sous le ioug des enfers
Accablé du lourd poids de ses funestes fers,
Il ne peut dans ce point où le reduit le vice
Obseruer le precepte & suiure la Iustice,
Dieu qui n'ordonne rien d'impossible aux humains,
L'excite d'implorer le secours de ses mains,
Et sensible aux souspirs de l'ame qui le prie,
Il exauce sa voix & ralume sa vie.

   Mais il est temps de voir quelle necessité
Nous auons du secours par le Ciel presenté,
Et quel fut le venin de cette maladie,
Dont le sang du Sauueur seul esteint l'incendie.

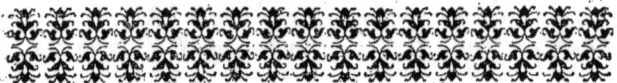

PREMIERE PARTIE.

De l'infirmité de la Nature humaine, &
de la necessité de la Grace.

CHAPITRE I.

Des auantages de l'homme en l'estat d'innocence, & des miseres de sa cheute.

*D*ANS *cette eternité de gloire & de grandeur,*
Où Dieu produit son Verbe au sein de sa
splendeur,
Où doucement épris d'vne flamme adorable,
Ils transpirent ensemble vn Amour ineffable;
Pressé de cet amour Dieu d'vn effort puissant
Fit entendre sa voix iusqu'au creux du neant;
Lors d'vn somne eternel la Nature s'éueille,
Et répond aussi-tost à ce ton de merueille :
D'vne illustre clarté les Cieux sont embellis,
La terre monstre au iour ses roses & ses lis,
A trauers les palmiers desquels elle est parée,
Vn ruisseau lentement coule vne onde sacrée,
Et les Cieux en son sein comme dans vn miroir
Font naistre les beautez qu'ils se plaisent de voir.
Dieu dans ce beau seiour establit vn Monarque,
Il imprime en son sein vne celebre marque,

Creation de
l'homme.

D iij

Et ne dédaigne pas de faire fon portrait,
Sur vn limon fragile auec vn brillant trait.

Eftat d'inno-
cence.

    Ce chef-d'œuure d'vn Dieu, du iour de fa naiffance
Fut creé dans l'éclat d'vne heureufe innocence;
Ses fens affuiettis, fon efprit éclairé,
Faifoient de fon bon-heur vn eftat affeuré;

Cheute d'A-
dam.

Si de ce Paradis la fplendeur animée,
N'euft coulé fon venin dans fon ame enflammée,
Lors que furpris par Eue il fuce ce poifon
Qui depraue fon cœur, & trouble fa raifon.

    Pauure Adam, quelle excufe en ta coulpe mortelle!
Tu porte dans ton fein la grace habituelle,
Et Dieu pour conferuer ta premiere vigueur
D'vn fecours actuel oblige encore ton cœur:
Auffi fut-il trouué coupable d'vn tel crime,
Qu'il coule fon venin dans tous ceux qu'il anime.
Et comme ce grand Roy dans ce point floriffant
Eftoit creé de Dieu pour eftre fi puiffant,
Que s'il fuft demeuré dans l'eftat d'innocence,
Il nous euft tranfpiré la grace & la fcience,
Et coulé dans le fein de fa pofterité
Les trefors qu'il tenoit de la Diuinité.
Ainfi le vent d'Enfer efteignant fa lumiere

Malheureux
effets du peché
Originel.

Et ne luy laiffant rien de fa gloire premiere;
L'ignorance, le mal, la mifere & le deüil
Paffant dans fes enfans nous ouurent vn cercueil.

    Les Cieux ont beau prefcher la gloire de leur Maiftre,
Noftre efprit obfcurci ne la peut bien connoiftre;
Il ignore du bien les folides appas,

Ou lors qu'il les connoiſt il ne les aime pas,
Et des feux ſoûterrains l'ineuitable amorce
Du libre arbitre humain a conſumé la force.

    O furieux effets d'vn pouuoir inſolent!
O coulpe, que ton mal eſt long & violent!
Si l'obiet offencé rend infini ce crime ;
Adam, pour l'expier où prendre la victime?
Quand vous immoleriez voſtre poſterité,
Elle n'a comme vous qu'vn eſtre limité ;
Dieu ſeul comme infini peut eſtre voſtre hoſtie :
Mais comment l'eſperer, s'il eſt iuge & partie?
S'il doit nous terraſſer par des iuſtes rigueurs,
Se fera-t-il enfant pour porter nos langueurs ?

    C'eſt ce que fait pourtant ta diuine clemence,
Lors que tu viens, I E S V S , reparer noſtre offence:
Mais quoy cette Bonté qui t'immole pour nous,
N'a-t-elle point eſté liberale pour tous?
Ce rapide torrent courant de telle ſorte,
A -t-il pû rencontrer quelque digue aſſez forte?
Et ce Sang qui ſuffit pour des mondes ſans fin,
N'auroit-il point d'vn ſeul chaſſé tout le venin?

CHAPITRE II.

Des diuerſes hereſies ſur les matieres
de la Grace.

I L eſt temps maintenant d'éclaircir le nuage
Qui de la verité veut couurir le viſage,

D'expliquer en détail les sentimens ingrats,
Qui furent soustenus de diuers scelerats,
D'obseruer leurs discours, & quelle erreur possede
Qui veut nier nos maux, ou douter du remede,
Qui d'vn venin secret éprouuant la rigueur,
Porte sans la sentir la mort dedans le cœur,
Ou qui, pour se flater, par vn lasche artifice
Figure vne impuissance à sortir de son vice.

Heresie de Pe-
lagius.

  Pelage est le premier de ces monstres diuers,
Dont le venin fatal infecta l'vniuers;

C'est ainsi que S.
Prosper appelle
Pelage en son
Poëme contre les
ingrats ch. 1.

C'est vn serpent rusé qui se plie & se glisse,
Qui sçait feindre son sens, déguiser sa malice,
Dont l'esprit inconstant par l'Enfer agité,
Change s'il est pressé sous quelque autorité;
Et son erreur ressemble aux abysmes celebres,
Qui font faire aux vaisseaux mille contours funebres,
Aprés lesquels enfin ils coulent tous à fond,
Et perissent au sein de ce goufre profond.

  Ce superbe aueuglé d'vne flamme funeste,
Figure en la Nature vne Grace celeste,
Et luy donne en l'estat de son infirmité,

S. Aug. en l'epi-
stre 95.

Ce qu'elle n'auoit pas dans son integrité;
Il dit que son effort sans besoin d'autre Grace
Suffit pour s'establir dans le Ciel vne place,
Et que tout homme peut par vn coup glorieux
Conquerir à son gré la couronne des Cieux.

Refutation de
cet erreur.

  Ainsi l'effusion du Dieu qui nous enflamme,
Sera donc inutile au bon-heur de nostre ame,
Si la saincte vigueur que nous donnent ses feux,

           Facilite

Facilite vn chemin qu'on peut fuiure fans eux,
Et fi fans ce fouftien vn homme eft affez ferme
Pour fe garder de cheoir, & pour atteindre au terme.
 Mais fi nos riches champs fans tes beaux rayons d'or
Aux yeux de l'Eternel eftallent leur trefor,
Aftre qui luis toufiours dedans le fein du Pere,
Pourquoy viens-tu pour nous t'éclipfer au Caluaire?
Ton œuure le plus grand feroit-il fait en vain?
Que fi noftre ame vit fans ce célefte pain,
Et fi fans que la Grace agiffe, & fortifie,
Elle peut fe donner à foy-mefme la vie,
Ange du grand Confeil, comment pour nous l'offrir,
Viens-tu dans l'Vniuers t'engager à fouffrir?
Pourquoy cacher d'vn corps la fplendeur de ta gloire,
Si ta mort eft fans fruit, & fans prix ta victoire?
Et pourquoy fans befoin au nom de Createur,
Adiouftes-tu, grand Dieu, celuy de Redempteur?
 Mais ce monftre qui feint fa foy comme la noftre
S'il fçait détruire vn nom, tafche de ternir l'autre :
S'il dérobe au Sauueur fon merite, & fes droits,
Et s'il aneantit la force de fa Croix,
De cet efprit de fiel la brutale infolence
S'en prend à fon auteur, accufe fa puiffance,
Attaque fa fageffe, & détruit fa bonté,
Difant que du mortel la longue infirmité
Se penchant au peché, le lourd poids qui nous tire,
Qui de la liberté trouble le doux empire,
Eft l'effet de fa main, puifque dans fa langueur
Adam n'a point tranfmis ce mal dans noftre cœur.

Suite de fon
herefie.

E

Aux Romains
ch. 5.
Per vnum hominē
peccatum in hunc
mundum intrauit,
& per peccatum
mors,& ita in om-
nes homines per-
tranſiit.
Autre ſuite de
ſon erreur.

Saint Paul a beau preſcher; en vain ſon eloquence
Luy prouue que la mort eſt l'effect de l'offence;
Contre ces veritez cet eſprit violent
Redouble les efforts de ſon bras inſolent.

Il dit que les enfans vifs, & ſans maladie
N'ont point beſoin de l'eau qui nous donne la vie,
Que n'eſtans pas atteins du vice Originel,
S'ils ne ſe ſoüillent point par vn vice actuel,
On leur confere en vain dedans leur innocence,
Le Bapteſme eſtably pour effacer l'offence.

Refutation.

Mais comment s'ils ſont purs, l'arreſt de l'equité
A-t-il fermé les Cieux à cette pureté,
Et comment exclud-il, d'vn ſeuere langage,
Ces enfans bien aimez de ſon ſaint heritage,
Si iamais leurs pechez n'ont émeu le courroux
De ce Pere commun, dont ils ſentent les coups.

Ils ſont citez cy-
aprés.

Nos Canons ont tonné contre cette hereſie,
L'Egliſe a condamné l'auteur d'apoſtaſie,
Les Conciles ſacrez dans leurs diuers decrets,
Ont donné contre luy mille ſanglans arreſts,
Et les Peres, vnis dedans la Paleſtine,
Pour reparer l'honneur de la Grace diuine,
Confeſſent hautement qu'en noſtre obſcure nuit
Nous ne voyons le iour que quand cet Aſtre luit,
Et que le doux concours de ſa brillante flamme
Eſt auſſi neceſſaire à faire viure l'ame,
Que l'appuy de ton bras, Monarque tout-puiſſant!
Eſt à retenir l'eſtre au panchant du neant.

Hereſie des
Semipelagiens

Ce ſerpent preſque eſteint, comme vne hydre funeſte

Se renoüuelle encore, & combat de son reste;
Bien qu'il soit desarmé, sans se tenir défait,
Pensant nous surmonter auec vn autre trait,
Il ioint à la fureur, & l'adresse & la ruse,
Se couure d'vn faux zele, où le foible s'abuse,
Lors que changeant de face, il dit auec feruour,
Qu'on ne peut se passer du Sang de mon Sauueur,
Que le Baptesme saint se trouue necessaire,
Que tout est corrompu dans nostre premier pere,
Qu'il a deuant nos yeux vn noir voile attaché,
Et mis sur nostre col le dur ioug du peché.

     Mais de ces feux esteints la meche enuenimée,
N'exhale dans les airs qu'vne épesse fumée.
D'vn orgueil plus secret en sa malignité,
Il veut attribuer à nostre volonté,
Au milieu des langueurs, qu'Adam laisse à sa race,
L'honneur & le pouuoir de preuenir la Grace;
Et si le vent du Ciel veut suiure son effort,
Ce superbe Nocher croit se conduire au port.

     Ainsi du creux neant de la premiere offence,
Sans attendre la voix de la Toute-puissance,
Il pense se tirer, & veut de ce malheur,
Faire couler sa vie, & sortir son bon-heur.
Que s'il admet enfin quelques Graces premieres,
Les Oracles sacrez épanchent ces lumieres:
* Mais en vain parlez-vous voix saintes du Seigneur,
Si son diuin esprit ne touche nostre cœur;
Et comme d'vn flambeau la lumiere sterile
La Loy monstre le bien, sans le rendre facile:

Leur erreur declarée par S. Aug. c. 2 du liu. de la Predest. des SS. par S. Fulgence & S. Prosper en leur Epistre à S. Aug. & nouuellement par la constitution d'Innocens X.

Quartam : Semipelagiani admittebant præuenientis gratiæ interioris necessitatem ad singulos actus, etiam ad initium fidei, & in hoc erant hæretici, quòd vellent eam gratiam talem esse, cui posset humana voluntas resistere, vel obtemperare : falsam & hæreticam declaramus, & vti talem damnamus.
*' Est refutée.

Mais la Grace de Dieu, comme vn diuin Soleil,
Produit ce qu'elle éclaire au poinct de son réueil,
Et des fleurs des vertus, ce bel astre de flamme
Pare pompeusement le iardin de nostre ame.

S. Paul en l'epist.
aux Philippiens,
ch. 1.
Qui cœpit in vo-
bis bonum opus,
perficiet.
Et au ch. 2.
Deus qui operatur
velle, & perficere
pro bona volun-
tate.

Grand Paul, tu me l'apprends, que le Dieu souuerain
Agit secretement dessus le cœur humain,
Qu'il le touche & le meut, que sa Grace diuine
Luy fait faire le bien où sa bonté l'incline,
Et que dans le creuset de sa celeste ardeur,
Il prepare nostre ame, il amollit le cœur:
Car pour nous aiuster aux regles qu'il nous donne,
Il faut que son esprit luy-mesme nous façonne,
Qu'il commence l'ouurage, & puis suiuant son traict
Trauaillant auec luy, l'homme deuient parfaict.

  Ainsi vostre Bonté se rend la source pure,
D'où s'écoule sur nous la Grace, & la Nature,
Grand Dieu! ie sors de vous, c'est par vous que ie vis:
A vostre seul Amour, ie dois ce que ie suis,
Et ie n'ay rien en moy dont ie me glorifie,
Que ie ne le dérobe à l'Auteur de ma vie;
Dans l'estre naturel il me donne le iour,
Dans celuy de la Grace il m'anime d'amour;
Et l'Oracle sacré par qui le Ciel s'exprime,
Et par qui des ingrats la rage se reprime,
Instruit tous les humains d'vn discours solemnel,
Que tout le bien vtile au salut eternel,
A son commencement dans la bonté supréme,
Qui s'épanche sur nous à cause d'elle-mesme,
Et que l'esprit d'Amour peut seul nous animer,

Et nous donner la grace, & de croire & d'aimer.
L'agreable metal qui fait tant de coulpables,
Et couronne souuent les grandeurs miserables,
Cet or de qui l'éclat exprime le rayon,
Qui trace en le formant son superbe crayon,
N'est produit dans le sein d'vne terre feconde,
Que par le doux regard du brillant œil du monde;
Ainsi le saint present de la grace des Cieux,
Le bien de la vertu, ce tresor pretieux,
Ne peut estre formé dedans le fond de l'ame,
Que par la viue ardeur d'vne celeste flamme,
Et pour nous éleuer dans le suprême lieu,
Il faut estre poussez par le souffle d'vn Dieu.

CHAPITRE III.
L'estat de la Nature corrompuë.

MAIS *aprés auoir veu dans le malheur funeste*
De la coulpe d'Adam la langueur qui nous reste,
Aprés auoir pleuré l'eclipse d'vn Soleil,
Qui fait couler sur nous vn malheur sans pareil,
Voyons si de cet astre à trauers tant de nuës,
Quelques clartez encor peuuent estre connuës.

Malgré la sombre nuit ce brillant sans chaleur,
Peut ietter quelquefois des restes de lucur;
Sur l'image de Dieu presque toute effacée,
On void des traits legers de sa gloire passée,
Et quand les Cieux brillans, qui portent en leurs traits
Vn crayon des beautez du Dieu qui les a faits,

E iij

S. Aug. au liu.
de l'esprit, & de
la lettre ch. 27. ou
28.
Non vsque adeo in
anima humana i-
mago Dei, terre-
norum affectuum
labe detrita est, vt
nulla in ea velut
extrema lineamēta
remanserint; vnde
meritò dici possit
etiam in ipsa im-
pietate vitæ suæ fa-
cere aliqua legis
vel sapere.

Enſeignent aux mortels par leurs rares merueilles:
De leur ſupréme Auteur les grandeurs ſans parcilles,
Par vn vol naturel ſur l'aiſle de l'amour,
Ils peuuent s'éleuer iuſqu'au centre du iour,
Reuerer de ce Dieu la ſupréme puiſſance,
Auoir pour ſa Bonté reſpeĉt & complaiſance.

   Mais comme les éclairs ne ſont pas conſiſtans,
Ces clartez, & ces feux ne durent pas long-temps,
Et la ſplendeur qui ſort du Soleil de Iuſtice
Peut ſeule nous conduire à la fin de la lice,
Le rayon de ſes feux éclaire noſtre foy,
Et c'eſt par ſon pouuoir que s'obſerue la loy,
Sans luy noſtre ſcience incertaine & confuſe,
Entre diuers obiets s'égare, & nous abuſe.

   Si la Vertu paroiſt auec quelques appas,
Les vns la trouuent belle, & ne la ſuiuent pas:
Vn eſprit inconſtant la cherit par repriſe,
Vn autre mollement pourſuit ſon entrepriſe,
Enfin de ſes beautez tel cherit les attraits,
Qui ne peut ſe forcer d'obeyr à ſes traits:
Car infirme en Adam la Nature imbecille
Ne peut faire le bien, lors qu'il eſt difficile,
Et l'homme à tout moment prés de tomber à bas,
S'il ne peut dans ſon mal à peine faire vn pas,
En vain eſpere-t-on qu'il arriue à ſon terme,
S'il n'eſt dans ſa langueur ſouſtenu d'vn bras ferme,
Ny qu'il puiſſe ſouffrir la contradiĉtion

Obieĉtion tirée des belles aĉtiôs des anciens.

Que luy peut oppoſer ſa forte paſſion.
   Si l'on m'allegue icy tant d'aĉtions celebres,

Qui font briller le iour au milieu des tenebres,
Ces feueres vertus, dont nos fens font furpris,
Qui rauiffent nos cœurs, qui charment nos efprits.

Ces fages dont la vie a fait honte à la noftre,   Réponfe.
Par vne paffion ont pû furmonter l'autre;
Ce fçauant Medecin qu'on appelle l'Honneur,
Fait des incifions qui vont iufques au cœur,
Dont l'operation agreable & cruelle
Guerit, en le bleffant, fa bleffure mortelle :
Et comme le Soleil d'vne mefme clarté
Seiche & ternit les fleurs dont il peint la beauté,
Ainfi la vanité dedans vne ame illuftre,
Ternit l'acte duquel elle forme le luftre :
Et dans fon action qui n'a rien de diuin,
Corrompuë en fa fource, & mauuaife en fa fin,
De mefme qu'vn éclair qui n'a rien de folide,
Son trauail eft oifif & fa bonne œuure vuide.

Mais cet Eftre eternel, qui fçait d'vn poids égal
Pezer du haut du Ciel, & le bien, & le mal,
Voulant recompenfer tant d'illuftres perfonnes,
Mefure à leurs vertus leurs diuerfes couronnes.

De ce vafte Vniuers la premiere Cité,
La pompe & la fplendeur de noftre antiquité,
Où le Ciel refléchi fembloit peindre fa gloire
Au triomphe fameux qui fuiuoit la victoire :
Enfin la grande Rome en ces iours triomphans,
Doit toute fa grandeur à fes nobles enfans,
Leur conftance à fouffrir, leur courage heroïque
Ont ceint fon riche chef d'vn laurier magnifique,

Immolant à ses pieds mille Roys abbatus.

La vertu de ces anciens, semblable au laurier.

Mais cet arbre sans fruict ressemble à leurs vertus,
En vain le riche verd dont sa tige se pare,
En promet en son temps, & de doux & de rare;
L'an se passe, & iamais l'aftre de la splendeur
N'en vid meurir le fruict, ny paroistre la fleur.

Ainsi n'ayant rien fait pour la gloire eternelle,
Rome n'eust qu'vn éclat qui se passe auec elle,
Et ces Heros sans prix qui firent tant de bruit,
Sont esteints dans l'horreur d'vne eternelle nuit.

O chimere d'honneur! ô vaine renommée!
Qui passe deuant nous ainsi qu'vne fumée:
Helas! depuis qu'Adam nous a mis aux liens,
Que son funeste coup nous laisse peu de biens,
Puisque la liberté par le crime affoiblie
Ne fait rien de parfait sans estre restablie.

Erreurs de Caluin, & Iean Hus.

Mais nous trouuons encor que quelque esprit de fiel
Nous veut rauir le bien que nous laisse le Ciel:
Ils disent ces cruels, que l'infirme Nature
Ne fait point d'action qu'elle ne soit impure,
Que le crime est vn centre à sa corruption,
Où tend incessamment son inclination,
Qu'elle ne peut agir sans faire vne iniustice,
Que son iour est vne ombre, & ses vertus vn vice.

O deplorable estat, ô diuine Bonté,
Aurois-tu laissé l'homme en cette infirmité?

Refutées.
En S. Luc ch. 11.
Petite, & dabitur vobis, quærite & inuenietis, pulsate & aperietur vobis.

Pour détruire l'erreur de ces esprits funestes,
L'Escriture en nos mains met ses armes celestes;
Elle inuite sans cesse, & presse le pecheur

De

De demander au Ciel la celeste blancheur :
Aux persuasions, elle adiouste l'exemple,
Monstrant vn publicain à la porte d'vn temple ;   Au ch. 18.
De qui l'humilité, l'oraison, la ferueur
Impetrent du grand Dieu la supréme faueur.

Si l'on m'allegue icy, que le Dieu de Iustice   Obiection.
Abhorre du pecheur l'horrible sacrifice,   En Isaye ch. 1.
Que son encens l'offense, & qu'enfin sa clameur
Irrite sa vengeance, & courrouce son cœur.

Ie réponds qu'en effet la funeste victime,   Réponse tirée
Que Saül immoloit en commettant vn crime,   du mesme en-
Que l'encens du pecheur, quand à mauuaise fin   droit.
Il ose demander quelque secours diuin,
Emeut de l'Eternel la colere supréme,
Lors que pour l'offenser on se sert de luy-méme :
Mais quand la chose est sainte, & que l'intention
Ne vient point à fouïller vne bonne action ;
Dieu ne s'offense point, & sa sainte Iustice
Ne rebute iamais vn pieux sacrifice :
Malheur donc aux peruers, dont la cruelle voix,
A nos tristes langueurs veut adiouster vn poids.

Les Conciles sacrez dans leurs decrets celebres,   Condamnées
Condamnent les auteurs de ces erreurs funebres :   des Conciles de
Car nostre libre arbitre en chacun des mortels,   Constance Sess.
N'est perdu qu'au regard des biens surnaturels,   15. & de Trente
Puisque dans les rigueurs des accés qu'il endure,   Sess. 6. Can. 7.
Il peut vouloir vn bien dans l'ordre de Nature.   Si quis dixerit o-
pera omnia, quæ
Il est vray qu'vn Payen dans son déreglement   ante iustificationē
Pour vne bonne fin, agit fort rarement :   fiunt, quacunq; ra-
tione facta sint
verè esse peccata,
anathema fit.

F

Mais receuant souuent des graces actuelles,
Qui s'écoulent sur luy des sources eternelles,
Il peut, en profitant de l'inspiration,
Referer à son Dieu quelque bonne action;
Ou fléchissant par fois aux loix qu'il peut connoistre,
Son œuure est vn tribut à l'auteur de son estre:
Car quand l'homme obeït, & fléchit sous sa loy,
Son acte refléchit à l'honneur de son Roy,
Et ce Legislateur d'vne humeur liberale,
Aime à recompenser vne vertu morale.

   Ce Prince genereux, sans qu'il nous doiue rien,
Cherche tous les moyens de nous faire du bien,
Et le traité qui suit, fera voir que sa Grace
Est l'astre de nos mers qui predit la bonace:
Et que comme vn miroir elle exprime à nos yeux,
La supréme bonté du Monarque des Cieux,
Qui sans exception oblige tout le monde
De ce bien dont la source est sa flamme feconde.

SECONDE PARTIE.

De la nature, & des diuisions de la Grace.

 *QVELLE sainte fureur agite mes esprits ?*
De quel diuin transport mon cœur est-il
surpris ?
Où m'éleue ma flamme ? où m'emporte
mon zele ?
Comment peindre tes traits ? ô Clemence eternelle !
Et comment crayonner cet excés de bonté,
Qui se cache à nos yeux sous son infinité ?
Ie dois pourtant ceder à ce souffle adorable,
Qui m'emporte au courant de la source agreable,
Qui du sein du Sauueur prenant son noble cours,
Presente à tout mortel vn suffisant secours.
   Premices du grand Dieu, miroirs de sa lumiere !   Inuocation.
Admirables rayons de la clarté premiere !
Anges, Muses du Ciel, qui voyez ce Soleil
Qui luit deuant les temps d'vn éclat sans pareil,
Du Parnasse sacré, versez dedans mon ame
Vn nectar composé de lumiere & de flamme :
Afin que d'vn trait vif, d'vn esprit animé
Ie trace la beauté dont mon cœur est charmé,
Aux yeux de l'Vniuers faisant voir la clemence

F ij

D'vn Dieu de qui l'amour égale la puissance,
Qui generalement meurt pour tous les humains,
Et ne rebute point l'ouurage de ses mains :
Mais qui dedans sa mort, où sa flamme est viuante,
A merité pour tous la Grace suffisante.

  Si ie dois discourir de ce don pretieux,
Que le monde reçoit de la bonté des Cieux,
Il me faut de plus prés obseruer sa nature.

CHAPITRE I.

De l'essence de la Grace.

DV thrône de l'Agneau coule sa source pure,
  Dans laquelle aisément nous pouuons voir l'amour
Dont Dieu nous fauorise en ce mortel siour,
Lors qu'il agit sur nous, que sa flamme ineffable
Imprime dans nos cœurs sa splendeur admirable,
Prenant tant de plaisir de se voir enflammer,
Qu'il nous donne le bien qu'il desire d'aimer.

  Comme le clair flambeau de cette masse ronde,
Quand il veut voir ses traits sur la face du monde,
Preste à l'or son éclat, ses feux au diamant,
Et fait present aux fleurs de son lustre charmant.

  Ainsi le grand Soleil du celeste Empyrée,
De son thrône basty sur la voute azurée,
Par ses brillans rayons imprime sur le cœur
L'éclat dont il pretend allumer son ardeur :
Car outre le secours d'vne actuelle grace,

Qui comme vn vif éclair, & paroift, & fe paffe,
Vne qualité fixe, vn rayon permanent
Eſtablit dedans l'homme vn eſtat eminent.
Cette Grace nous meut, nous porte, nous incline
Vers noſtre fin celeſte, & vers noſtre origine;
Et ſon heureux éclat, s'il n'eſt point empeſché,
Chaſſe loin de nos cœurs les ombres du peché.

Entre ſes noms diuers le Concile la nomme
Vne habitude ſainte, & qui reſide en l'homme,
Par laquelle le cœur dés ce terreſtre lieu
Se rend le temple ſaint, & le thrône de Dieu.

Charité, Grace, Amour ſont vne meſme choſe,
Que ſous noms differens l'Egliſe nous propoſe:
Ces rayons éclatans ne font qu'vn meſme iour,
Par qui de l'innocence on peut voir le retour.
S'ils ont vn meſme obiet, meſme fin, meſme vie,
Par eux également ﬆame ſe purifie;
Et le Concile ſaint en parlant doctement,
Ne les fait differer que de nom ſeulement.

La volonté de l'homme eſt le char de victoire,
Sur qui cette beauté fait pompe de ſa gloire,
C'eſt là que ſes attraits plus purs que ceux du iour,
Exercent ſur nos cœurs vn empire d'amour,
Et d'vn chaiſnon ſacré de feux, & de delices
Elle ſçait nous tirer de la pente des vices,
Et lors que ſon pouuoir gagne la volonté,
De ce doux ioug d'amour s'écloſt la liberté;
C'eſt l'éclat de ce iour dont noſtre ame s'honore,
Qui ne peut ſubſiſter qu'en cette claire aurore,

F iij

Le Concile de
Trente en la
Seſſ. 6. Can. 7.

La Grace eſt
dans la volonté
comme en ſon
ſuiet.

Qui fans détruire en nous le libre arbitre humain,
L'éleue & le conduit à fa derniere fin.

CHAPITRE II.

De la diuifion de la Grace.

Enumeration des Graces gra-tuites, *tirée de l'Epift. aux Co-rinth. ch. 12.* Alij datur fermo fapientiæ, alij au-tem fermo fcien-tiæ fecundùm eun-dem fpiritum : al-teri fides in eodem fpiritu : alij gratia fanitatum : alij operatio virtutum: alij prophetia : alij difcretio fpirituũ, alij genera lin-guarum , alij in-terpretatio fermo-num.

C E rayon glorieux de la beauté premiere,
A fes diuers effets ainfi que la lumiere :
La Grace fe diuife, & d'vn different trait
De la gloire du Ciel elle fait le portrait ;
L'vne éclate au dehors, l'autre cache fon luftre,
L'vne forme le Saint , & l'autre fait l'Illuftre.
L'vne eft vn iour qui luit pour guider l'ignorant,
L'autre imprime en nos cœurs l'amour d'vn Dieu mourant:
L'vne a l'autorité deffus la maladie,
Sçait tirer le doux fuc des paroles de vie,
Expliquer le vray fens des Oracles écrits,
Sonder le fond des cœurs, connoiftre les efprits ;
L'autre de l'Efprit faint rend noftre ame remplie,
Et luy donne en fecret vne ioye accomplie.

Cette fource d'amour, qui du plus haut des Cieux
Fait couler icy bas fes ruiffeaux pretieux,
Sort de l'abyfme faint de la Bonté diuine,
A la façon que l'eau fourd de fon origine,
Par vn fecret canal fous la terre conduit
Qui s'écoule des mers inuifible , & fans bruit ;

Explication de la Grace preue-nante.

De mefme dans nos cœurs la Grace preuenante
Coule infenfiblement fa liqueur excellente :

Mais quand l'homme mortel s'en abreuue à longs traits,
Qu'elle opere auec luy de meruilleux effets;
Lors à flots découuerts dans son cours agreable,
Elle porte nos cœurs à leur centre adorable;
Comme vn fleuue grossi par differens ruisseaux,
Coule d'vn pas leger vers l'empire des eaux.

&
Grace coope-
rante.

    La Grace qui sans nous opere dans nos ames,
Est vne impression de la celeste flamme,
Vn premier mouuement dont l'homme est agité,
Qui sans aucu nous touche & meut la volonté.

    Ainsi, sans se méler, deux differentes sources
Dedans le champ du cœur font leurs diuerses courses:
L'vne de IESVS-CHRIST prend son celeste cours;
L'autre coule d'Adam iusqu'à nos tristes iours;
De l'vne sourd le mal de la concupiscence:
De l'autre l'antidote à cette defaillance,
Et de differens traits le cœur de l'homme attaint
N'est point, s'il ne se rend, ny coupable ny saint.

    Mais la Grace de Dieu qui fait nostre Iustice,
Coopere auec nous, & nous tire du vice:
L'operante en nos mains met l'inuisible fer,
Et nous pousse à charger les puissances d'Enfer;
L'autre est vn fruit produit d'vne clarté sacrée,
Quand la terre du cœur se trouue preparée:
L'vne sçait émouuoir celuy qui ne veut pas,
Afin qu'il aime vn bien dont il voit les appas;
L'autre aide le mortel, afin qu'il execute
Le bien qu'il a voulu, sans que rien le rebute:
L'vne enfin nous preuient pour chasser nostre nuit,

Et pour fixer le iour touſiours l'autre nous ſuit.

   Les Oracles ſacrez diuiſent cette flamme,
Par les diuers effets qu'elle opere en noſtre ame,
   Pour ſonder cet abyſme , où ſe perd la raiſon,
Il faut vn iour qui luit ſur vn autre horiſon,
Et la ſeule clarté du Pere de lumiere,
Me peut faire traiter cette illuſtre matiere :
A ſon Egliſe auſſi qui brille de ſon iour,
I'allume mon flambeau dans ce ſombre détour,
Et des diuers decrets des Conciles celebres
Ie cherche d'éclairer mes épaiſſes tenebres.

Diuerſes opi-
nions ſur la
Grace ſuffiſan-
te.

   La Grace ſuffiſante eſt vn ſecours heureux,
Par lequel nous pouuons en ce deſert pierreux,
Où le premier pecheur a noſtre ame égarée,
Rencontrer à la fin vne manne ſacrée.

   Quelquefois l'aide eſt fort, & fléchit nos amours,
Et s'il eſt pris au ſens qu'on l'accepte touſiours,
C'eſt ce grand mouuement qui s'appelle Efficace,
Qui ſuffiſoit à Paul dans ſa ſublime Grace.

   Elle ſe prend encor pour vne motion,
Qui iamais ſur nos cœurs ne fait impreſſion :
Mais cette opinion peut ſembler vn peu dure,
Cette agreable fleur n'eſt point de la nature,
Des fragiles beautez que le Printemps produit,
Dont la grace eſt ſterile & ne porte aucun fruit.

   En vain prepare-t-on vn mets au famelique,
S'il ne l'atteint iamais eſtant paralytique,
C'eſt vn ſoin ſans profit, & ce bien plein d'appas,
Eſt inutile pour luy, puiſqu'il ne s'en ſert pas.

Le

Le souffle d'vn esprit à qui tout est possible,
M'emporte maintenant à la grace inuincible :
Quelqu'vn veut que ce soit, comme nous auons veu,
Vn suffisant secours alors qu'il est receu,
Que cette grace en nous, ou peut estre acceptée,
Ou d'vn esprit mal fait peut estre rebuttée :
D'autres veulent qu'elle ait vn absolu pouuoir
Qui necessite l'homme à faire son deuoir :
D'autres de ces attraits font vne douce amorce,
Et quand pour nous dompter l'amour luy sert de force
Son trait qui nous fléchit, sans nous necessiter
Laisse libre le cœur qu'elle veut surmonter.
De ces opinions voyons quelle est la vraye,
Quel appareil le Ciel presente à nostre playe
Et si l'homme captif traisnant ses tristes fers,
Ne reçoit pas du Ciel mille secours diuers,
Par lesquels il pourroit obtenir la victoire
S'il ne preferoit point les liens à la gloire.
Ie voy sortir d'Enfer vn dragon mal-heureux
Qui porte dans son sein mille serpents affreux,
Et ces monstres vnis par leurs souffles funestes
S'efforcent de ternir les veritez celestes,
En donnant à la grace vne necessité
Qui détruit des mortels la douce liberté.
Caluin veut l'establir comme vne Souueraine,
Qui tient la volonté captiue en son domaine ;
Mais quoy que cét impie ait vomy tout son fiel,
Contre le vent d'Enfer la lumiere du Ciel
Subsiste en chaque siecle, & sans estre alterée

Opinions sur
diuerses accep-
tions de la Gra-
ce efficace.

Opinion con-
damnée par
l'Eglise & nou-
uellement *par*
la Bulle.
Tertiam: ad me-
rendum, &c.

Opinion de
Caluin, tou-
chant l'effica-
cité de la Grace
qu'il establit dãs
la necessité, *au*
liure 2. de son
Inst. ch. 3.
nomb. 11.

G

Fait voir en tous les temps sa splendeur épurée.

Heureux dispensateur de ce bien sans pareil,
Fameux Thomas d'Aquin, qui nous sers de soleil,
Gloire des saincts Docteurs, digne Ange des Escoles,
Lançant mille rayons par tes sainctes paroles,
Pour détruire cette hydre exposant ton écrit,
Mon pere à ton enfant donne ton double esprit :
Cet esprit dont l'éclat éclairant ce lieu sombre,
A tiré la science, & la vertu de l'ombre ;
Plein d'vn zele enflammé reprend les scelerats

En la premiere
seconde quest.
106. art. 2.

Leur reproche leur crime, & les appelle ingrats
De méconnoistre vn bien, refuser vne grace
Qui d'elle est suffisante, & nous monstre vne trace
Qu'on peut suiure aisément, si nostre volonté
Vse de ce secours auec fidelité :
Mais nostre ame souuent à sa perte obstinée,
Pouuant rompre ses fers demeure emprisonnée.

Entre les signalez, les plus graues Auteurs
Suiuent l'opinion du Soleil des Docteurs,
Et l'Vniuersité, cette source diuine
Dont le plus pur éclat tire son origine,
Cet appuy de l'Eglise, & ce fameux miroir :
Où la beauté du Ciel aime à se faire voir,
Où sa clarté s'imprime, & se monstre si claire,
Que c'est le plus beau iour où le monde s'éclaire,
Enseigne hautement, & soustient tous les iours,
Que tout homme reçoit vn suffisant secours.

CHAPITRE III.

Eſtabliſſement de la Grace ſuffiſante donnée à tous les hommes.

L'ESCRITVRE *fournit la matiere à ſa gloire,*
Et luy preſte ſes traits pour gagner la victoire;
Quand l'Eternel ſe plaint qu'en vain ſon ſouffle heureux
Cherche à nous animer, & rallumer nos feux,
Et qu'il eſtend les bras vers vn peuple rebelle,
Qui fuit inceſſamment de la voix qui l'appelle;
Tantoſt preſſé pour nous d'amour, & de deſir
Du fonds de ſa douleur il exhale vn ſoûpir:
Qu'ay-ie pû, nous dit-il, que mon amour inſigne
N'ait fait pour obliger, & cultiuer ma vigne:
I'ay veillé deſſus elle, & le iour & la nuit
I'arrouſe ſon terroir par vn ſecret conduit,
De haye & de foſſez ie l'ay toute entourée,
I'ay contre les paſſans ſon aſſiette aſſeurée,
Et prenant tous ces ſoins i'attendois qu'à la fin
Elle me porteroit quelque excellent raiſin:
Mais cette vigne ingrate au lieu d'eſtre fertile
N'a tous ſes ceps chargez que d'vn vert inutile.
Eſcoutons les diſcours du Monarque des Rois,
Lors qu'il n'emprunte plus d'organe ny de voix,
Qu'il parle par ſon Verbe, & que d'vn ton ſupreſme,
Il s'exprime au dehors par la verité meſme,
Quand ſon fils, ſa raiſon, ſa ſcience, & ſon iour
Vient apprendre aux mortels l'excés de ſon amour,

Aux Prouerbes chap. 1. Vocaui & renuiſtis: exté-di manum meam, & non fuit qui reſpiceret.
En Iſ. chap. 65. & aux Romains ch. 10. Extendi ma-nus meas tota die ad populum non credentem & con-tradicentem.
En Iſ. chap. 5. Quid eſt, quod debui vltrà face-re vineæ meæ, & non feci: an quod expectaui vt fa-ceret vuas, & fe-cit labruſcas?

Qu'il regrette & predit le mal-heur du rebelle,
Qui ne veut pas brufler de fa viue étincelle :
Betzaïde, dit-il, & vous Corrozaïm !

En S. Matthieu
chap. 11. Væ tibi
Corrozaim, væ ti-
bi Betzaïda, quia fi
in Tyro & Sydo-
ne factæ effent vir-
tutes quæ factæ
funt in vobis o-
lim, in cinere &
cilicio pœniten-
tiam egiffent.

Qui receuez toufiours les dons du Ciel en vain ;
Si dans Tyr & Sydon i'euffe fait les merueilles
Qui frappent tous les iours vos cœurs & vos oreilles,
Soumis à mon amour, fuiuans fon traict facré
Par leur conuerfion ils m'euffent honoré :
Et vous enfans ingrats qui fuyez voftre Pere,
Vous cherchez de perir au iour de ma colere.

  D'vn ftyle plus ardent s'exprime le Sauueur,
Quand aux feux d'vne mere, & fur fon tendre cœur

Au ch. 23.

Il figure l'amour dont fa bonté fuprefme
Aime tous fes enfans à caufe d'elle-mefme.

  Combien de fois, dit-il, d'vn amoureux deffein
Vous ay-ie tous cherchez pour vous mettre en mon fein,

Quoties volui
congregare filios
tuos, quemadmo-
dum gallina con-
gregat pullos fuos
fub alas, & nolui-
fti.

Sans qu'on puiffe trouuer des terres reculées
Où ma flamme, & ma voix ne foient iamais allées :
Mais pour nous faire voir en vain luit le Soleil,
Si l'homme ne veut pas fortir de fon fommeil :
Ainfi l'efprit d'amour remplit en vain la terre
Qui ne veut de fes feux que ceux de fon tonnerre,
Qui fruftre fon attente, & fe plaift de perir,
Aprés tous les fecours qu'amour luy daigne offrir.

  A ces autoritez fi l'on met des obftacles

Obiection.

Difant que cet appel s'entend des faincts oracles,
Que ce n'eft feulement qu'vn fecours de la voix,
Où l'aide exterieur de l'exemple ou des loix.

Réponfe,

  Mon texte à ces fubtils rompt la pointe funefte

Exposant les effets de la Grace celeste,
Qui monstre clairement qu'elle est la motion,
Puisqu'il parle par tout de la conuersion;
Et tous tombent d'accord que l'esprit ineffable
Peut seul nous conuertir, quand d'vn trait fauorable
Du sein de l'Eternel il lance vn coup profond
Qui penetre le cœur, & va iusques au fond.

    Sans ce saint mouuement en vain l'Apostre presche,
L'ame sera tousiours obstinée & reuesche,
Si Dieu ne l'amollit : car son bras tout puissant
Peut seul d'vn criminel faire vn homme innocent.
En vain de l'œil des Cieux la terre est embrasée
Si son sein ne reçoit la pluye, ou la rosée;
Sans cela tes rayons, bel astre sans égal,
Loin de luy faire bien, luy procurent vn mal,
Et séchant son humeur ils la rendroient sterile,
Si le Ciel ne versoit cette liqueur fertile :
Ainsi si l'Eternel dedans nostre langueur
Ne verse point cette eau qui nous rend la vigueur,
En vain le iour des loix monstre le precipice,
Nul ne peut s'empescher de tomber dans le vice;
Et chacun défaillant dans ce rude chemin,
Ne sçauroit faire vn pas pour atteindre à sa fin.

    Que si Dieu n'eust donné cette faueur insigne,
Auroit-il attendu quelque fruit de sa vigne,
Seroit-il ignorant de l'estat d'icy bas,
Et que l'on ne peut rien sans l'appuy de son bras?
Où pourroit s'establir vn si iuste reproche,
Que sous le nom de vigne il fait aux cœurs de roche,

S. Aug. au liure de la Grace & du libre arbitre ch. 18. Liberum arbitriū sine suo fructu prorsus admone- retur, nisi priùs ac- ciperet dilectio- nis aliquid, vt ad- di sibi quæreret vnde quod iube- batur impleret. S. Prosper en son Poëme chap. 14. Percurrat Aposto- lus orbem, prædi- cet, hortetur, plan- tet, riget, increpet, instet, quáque viâ verbo reseratam innenerit intret, vt tamen his stu- diis auditor pro- moueatur, nō do- ctor nec discipu- lus, sed gratia sola efficit, inque gra- ues adolet planta- ria fructus.

S'il n'auoit rien donné qu'vn aide exterieur
Qui n'eſt pas aſſez fort pour gagner noſtre cœur?
Nul que ſon Dieu ne peut en arracher le vice;
Nul n'eſt iuſte IESVS ! ſi tu n'es ſa iuſtice,
Dans ces bruſlans deſerts nous défaillons ſans toy,
Si ta main ne ſouſtient le fardeau de ta Loy,
Et cet éclair ne peut que nous faire connoiſtre
Dans nos infirmitez le beſoin de ton eſtre,
Dont l'extréme bonté ne nous manque iamais,
Et nous offre ſans ceſſe, & la grace, & la paix.

　　Que ſi l'homme eſt captif dedans ſon propre Empire,
Sous vn peuple mutin s'il languit, & ſouſpire,
Il peut par ce ſecours l'obliger de ceder:
S'il n'en a pas aſſez, il peut en demander,
Qu'il éclatte en ſouſpirs, qu'il prie & qu'il eſpere;
Au throſne de ſon Dieu, ne voit-il pas ſon Pere?
Il nous adopte tous en faueur de ſon Fils,
Et lors qu'il l'a donné pour eſtre noſtre prix,
Dés cét inſtant l'amour oſe tout entreprendre,
Et Paul dit qu'il n'eſt rien qu'on ne puiſſe pretendre.

　　Ainſi ſi IESVS-CHRIST nous ſauue par ſa mort,
Si le Verbe pour nous fait ce puiſſant effort,
Il veut pour nous donner le fruit de ſa victoire,
Que ſa parole ſoit l'inſtrument de ſa gloire,
Et s'il verſe ſon Sang ſur l'autel de la Croix,
Que ſon merite ſoit obtenu par la voix;
Lors que ſous la douleur nos ames oppreſſées
Pouſſent à luy nos vœux & portent nos penſées.

　　Que ſi ce don de Dieu ne ſe peut refuſer,

Et si la volonté ne s'y peut opposer,
Pourquoy le grand Martyr dit-il au Iuif superbe?
Qu'il te resiste, Esprit! nœud du Pere & du Verbe,
Qui m'apprends par l'Eglise aux Conciles fameux,
Que resister, Amour! au souffle de tes feux,
C'est refuser le trait, la grace interieure
Que dans tous nos besoins nous auons à toute heure,
A qui le crime seul de nostre volonté
Peut opposer le fiel de sa malignité:
Car ce poids lourd & dur sous qui le corps nous presse,
Cette loy de la chair dont Paul se plaint sans cesse,
Sans nostre libre adueu ne sçauroit empescher
Les effets de ce trait dont Dieu nous veut toucher.

Pour mieux autoriser cette verité sainte,
Que Dieu touche le cœur d'vne celeste atteinte,
Et qu'il peut rebutter ces mouuemens secrets,
Des Conciles sacrez obseruons les decrets.

La grace, disent-ils, éclaire ce lieu sombre
D'vn iour perpetuel qui n'admet iamais d'ombre,
Et le celeste Espoux auec vn trait charmant
A la porte du cœur frappe à chaque moment:
Aprés tant de secours de sa bonté celeste
Si la pluspart demeure en leur estat funeste,
Concluons que le trait dont Dieu nous veut blesser,
Est vn sainct mouuement que l'homme peut laisser.

Et comme le Soleil par sa force est capable
De produire des fleurs d'vn éclat admirable,
Bien que sur les rochers s'il lance ses clartez,
Il n'y colore point ces fragiles beautez;

Aux Actes c. 7.
Vos semper Spiritui sancto resistitis.

Le Concile de Valence ch. 2,
Non ideo pereunt mali, quia boni esse non potuerût, sed quia noluerût. *Le Concile de Sens au decret 15.* Neque liberum arbitrium asserentes diuinam excludimus gratiam, sed iuxta sacram Scripturam eô extendimus, vt voluntas humana misericordiæ præuenientis auxilio

suffulta , &c.
neque enim tanta
gratiæ neceſſitas
libero præiudicat
arbitrio, cùm illa
ſemper ſit in
promptu,nec mo-
mentum vllū præ-
tereat in quo Deⁱ
non ſtet ad oſtiū,
& pulſet,cui ſi quis
aperuerit ianuam,
intrabit ad illum,
& cœnabit cum
illo.
La Bulle d'In-
nocent X.
Interiori gratiæ,
&c.

Ainſi ſur noſtre cœur ſi la clarté premiere
Par les puiſſans rayons de ſa viue lumiere
Ne produit bien ſouuent ny les fruits, ny les fleurs,
Que dans vn autre ſein font naiſtre ſes ardeurs;
La faute ne vient pas de ſa douce influence;
Puiſqu'elle offre le bien d'vne meſme abondance:
Mais de ce fonds aride & dont la dureté
Ne veut pas receuoir cette aimable clârté:
Ainſi nous periſſons dans l'abyſme du vice;
Non pas pour ne pouuoir obſeruer la iuſtice:
Mais pour ne voûloir pas ſuiure ſes ſaints attraits,
Et ceder aux douceurs de ſes aimables traits,
Sans qui l'homme languit deſſous vn ioug barbare:
Et comme on void les fleurs dont le Printemps ſe pare,
N'eſtaler leurs beautez qu'au leuer du Soleil,
Quand ſon rayon leur rend leur éclat ſans pareil;
Ainſi le libre arbitre ayant perdu ſon luſtre
Deſſous la nuit du crime il n'a plus rien d'illuſtre,
Si Dieu ne reſtablit ſa premiere ſplendeur,
Par l'aimable concours de ſa diuine ardeur:
Ce ſeul aſtre diuin rend nos graces écloſes,
Car qui n'eſt rien ſans luy, peut en luy toutes choſes.
　　C'eſt ce que nous apprend d'vn langage épuré

Le Concile de
Trente ſeſſ.6.
chap. 7.

Le Concile de Trente en ſon decret ſacré,
Empruntant d'Auguſtin cette belle ſentence,
Qui doit de nos eſprits arreſter la balance.

Deus impoſſibilia
non iubet, ſed iu-
bendo monet &
facere quod poſſis,
& petere quod
non poſſis.

　　Dieu dans les ſaintes loix qu'il luy plaiſt d'établir,
Ne nous commande rien qu'on ne puiſſe accomplir;
Mais faiſant le precepte, à meſme temps il donne

La

La puissance de faire vn bien qu'il nous ordonne,
Ou du moins sa bonté nous excite à prier,
Pour auoir plus de lieu de nous fortifier,
Et son diuin Amour à tous nos vœux facile
Supporte de la Loy le fardeau difficile.

Beau Soleil dont l'éclat a produit ma clarté,
Que ton raisonnement a de solidité,
Si la regle des Saints qui iuge leurs pensées,
Ce niueau par lequel elles sont redressées,
Cette Eglise que Dieu seul a droit d'enseigner,
Dans ce point important ne veut pas dédaigner
De parler comme toy, d'emprunter ton langage;
Et s'il faut de l'erreur dissiper le nuage,
Cet astre qui nous guide au Dieu que nous croyons,
Afin d'en triompher se sert de tes rayons :
Mais si ton iour s'allume à la splendeur du Pere,
Que la lumiere est pure où la source est si claire !

Nostre diuin Sauueur par vn excés d'amour
Nous presse de prier, & la nuit & le iour,
Afin qu'aux yeux du Ciel monstrans nostre indigence
Nous donnions plus de cours à sa magnificence,
Et que l'ame affoiblie auoüant sa langueur
Cherche, & trouue sa vie au sein de son vainqueur.

Mais auant que passer & suiure nostre route,
Pour oster aux subtils dequoy former vn doute :
Voyons que le Concile en ses decisions,
S'il oste l'impossible aux saintes actions,
Ne pretend pas parler des loix ny des oracles,
Trop foibles pour leuer de si puissans obstacles;

H

Ces paroles sont tirées du liure de S. Augustin de la Nature & de la Grace ch. 43. & le Concile y a adiousté, Et adiuuat vt possis.
La Bulle d'Innocent X.
Primâ, &c. aliqua Dei præcepta hominibus iustis volentibus & conantibus secundùm præsentes quas habent vires, sunt impossibilia : deest quoque illis gratia, qua possibilia fiat: temerariam, impiâ, blasphemam, anathemate damnatam & hæreticam declaramus, & vti talem damnamus.
En saint Matt. chap. 13.
Petite & accipietis, &c.

S. Aug. au liure de l'Esprit & de la Lettre chap. 3. ou 4.

Vbi autē S. non ad-
iuuat Spiritus, lex
quamuis bona au-
get prohibēdo de-
siderium malum;
quod enim concu-
piscitur, fit iucun-
dius dum vetatur.

Au contraire la Loy qui defend le plaisir ,
Par l'opposition en accroist le desir.
   Comme vn torrent ferré d'vne digue seuere
Escumant de fureur , boüillonant de colere ,
Armé de mille flots , tant qu'il se void pressé
Combat iusques au point qu'il ait tout renuersé ;
Ainsi contre le frein de ces decrets suprémes ,
La passion chez nous en s'armant de nous mémes ,
Bien loin de se soûmettre à ce ioug glorieux ,
Luy liure tous les iours des assauts furieux ;
Iusqu'à ce que brisant cette adorable chaisne ,
Au cours de ses desirs la liberté l'entraisne ,
Et nul n'a le pouuoir d'arrester sa fureur ,
Que celuy qui connoist tous les ressorts du cœur ,
Qui peut seul quand il veut par vn souffle de grace
Esleuer la nature au bien qui la surpasse.
   Donc ne pouuant oster l'impossibilité
Du precepte diuin que par la charité ,
S'il n'ordonne au mortel qu'vne chose faisable ,
On doit nous accorder vne grace capable
Ou de le faire agir , ou qu'vn aimable attrait
Le porte à demander vn secours plus parfait.
   Ce doux attrait se nomme vne aide suffisante ,
Sans laquelle la Loy n'est qu'vne arme pesante ,
Dont le fer émoussé , dans nos rudes combats ,
Ne sert qu'à nous charger, & ne nous defend pas.

S. Clement Ale-
xandrin dans
l'exhortation
aux Grecs.

   Consultons les clartez dont l'Eglise est ornée,
Clement Alexandrin , & le docte Irenée ,
Ambroise , Chrysostome en nostre antiquité.

Ont d'vn docte pinceau peint cette verité :
Mais pour ioindre en vn iour l'éclat de leurs sciences,
Ie ramasse en vn sens leurs diuerses sentences.

Le Souuerain des Roys engagé par ses feux
Veut adopter pour fils l'esclaue malheureux,
Aimant de sa grandeur cette ombre & cette image,
Il offre à tout mortel son empire en partage :
Mais ces lasches ingrats mesprisans ces honneurs
Se priuent de iouïr des communes faueurs,
Et sous le voile obscur de leur noire malice
Se dérobent au iour de la sainte Iustice.

C'est ton lieu maintenant, admirable Soleil !
Dont l'éclat obscurcit tout astre à ton réueil :
Parois grand Augustin, que ton esprit s'exerce
A vuider nettement ce point de controuerse ;
Toy qui ioins aux discours la force & la douceur,
Le subtil au solide, & le fruit à la fleur ;
Aussi clair que profond, traitant cette matiere
Monstre ces veritez au iour de ta lumiere.

Il s'exprime ce Pere en ce terme puissant,
La Grace du Sauueur comme vn rayon perçant,
De la nuit du peché la plus pernicieuse
Penetre iusqu'au fond l'obscurité fascheuse ;
Cette misericorde offerte à nostre cœur,
Lors qu'elle est refusée est vn iuge au pecheur,
L'amour change en fureur quand sa flamme abusée
Par vn esprit ingrat se trouue mesprisée.

Ainsi ce bien se perd pour ne le vouloir pas,
Et saint Paul nous apprend que tout homme icy bas

H ij

Deus ex seruis vult nos fieri filios ; illi autem filij effici contempserunt. *S. Irenée au liure 4. contre les heresies chap. 71.* Dedit Deus bonū, & qui operantur illud, gloriam & honorem percipient, quoniam operati sunt bonum cùm possint non operari illud: Hi autem qui illud non operantur, iudicium iustum recipient Dei, quoniam nō sunt operati bonum cùm possint operari. *S. Ambroise au Sermon 8. sur le Ps. 118.* Sol iustitiæ Christus omnibus ortus est, omnibus venit, omnibus passus est, & omnibus surrexit : si quis autem non credit in Christū, generali beneficio se fraudat, vt si quis clausis fenestris radios solis excludat. *S. Chrysostome en l'Homelie 82. sur le 26. ch. de S. Mat.* Dei vocatio nullum cogit, nec mētem eorum qui virtutem volunt contemnere, vllo modo violentat, sed hortatur quidem & confulit, & omnibus modis bonos effe perfuadet.

Autoritez de S. Augustin en l'Epistre 54. à Macedon.
Pertinet ad nos vt bonisimus, accipere & habere quod dat, qui de suo bonus eft, quo neglecto quisque de suo malus eft.

Au liure des 63. questions quest. 68. tome 4.
Ad illam cœnam quá Dominus dicit in Euangelio præparatam, nec omnes qui vocati sût venire voluerunt, neq; illi qui venerût, venire posent nifivocaretur:itaq; illi nô debent sibi tribuere qui venerût, quia vocati venerunt: nec illi qui noluerunt venire, debent alteri tribuere, sed tantùm sibi, quoniam vt venirent vocati, erat in eorum tamen voluntate.

Au liure 1. à Simplic. quest. 2.
Nemo credit non vocatus, sed non omnis credit vocatus: noluit enim Efaü, & non cucurrit, sed & si voluisset & cucurrisset, gratiâ Dei per-

Ne se rend criminel que par sa negligence
A receuoir ce don plein de magnificence.

C'est ainsi qu'vn malade en sa langueur se perd
S'il mesprise l'aduis d'vn Medecin expert ;
C'est ainsi que l'on iuge vne ame paresseuse,
Qui mesprise du Roy la table somptueuse ;
C'est ainsi qu'Esaü ne voulant pas courir,
Ne gagne pas le prix que le Ciel daigne offrir :
Puisque dans sa langueur cette voix qui l'appelle
Luy donne le pouuoir de courir aprés elle,
Et la langue de feu de cet esprit vainqueur,
En parlant eust chassé le venin de son cœur,
S'il n'eust point méprisé cette faueur offerte,
Et si par ce mépris il n'eust causé sa perte.

L'on ne peut obiecter, que l'appel du Seigneur
Se puisse entendre icy pour l'aide exterieur ;
Puisque Esaü pouuoit, suiuant cette lumiere,
Arriuer bien-heureux au bout de sa carriere,
Et priant l'Eternel suiuant sa motion
Obtenir le bon-heur de sa conuersion.

Ainsi dans nostre main le Ciel met la couronne,
Car la grace est offerte & ne manque à personne,
L'amour de nous blesser ne se lasse iamais,
Si l'ame ne se met à couuert de ses traits ;
Et comme son concours est tousiours necessaire,
Qu'en vain l'œil est ouuert si le Soleil n'éclaire,
Il ne retire point ce secours merueilleux
Qu'il ne soit méprisé de l'aueugle orgueilleux.
Iamais l'astre du iour ne cache son visage,

Qu'vne épaiſſe vapeur ne luy forme vn nuage,
Encore pour triompher de ſon obſcurité
Il nous fait à trauers paroiſtre ſa beauté :
Ainſi de l'Eternel la lumiere ſacrée
Qui ne void que ſon ombre aux feux de l'empyrée,
Ne cache point pour nous ſes aimables rayons,
Qui d'vn bon-heur futur nous tirent les crayons,
Que la noire vapeur qu'exhale noſtre vice
Ne dérobe à nos yeux l'éclat de ſa iuſtice ;
Lors meſme pour monſtrer ſa force & ſon amour
Par l'obſcur de nos nuits il relcue ſon iour :
Et comme le Soleil s'imprimant dans la nuë
Pour monſtrer ſes beautez ſans nous bleſſer la veuë,
Fait par les traits brillans dont il veut s'ébaucher,
Vn miroir de ce corps qui le vouloit cacher.
Ainſi quand d'vn beau trait la grace veut ſe peindre
Deſſus l'obſcurité qui la vouloit eſteindre,
En diſſipant cette ombre elle en fait vn miroir,
Où ſon charme diuin éclatte & ſe fait voir,
Et fléchiſſant le cœur contre ſa reſiſtance
Ce triomphe fameux exprime ſa puiſſance ;
Ou du moins nous preſſant par vn trait doux & fort
De demander à Dieu le ſaint fruit de ſa mort,
Nous monſtrant ce bel art de moiſſonner l'oliue,
Et de voir les lauriers croiſtre ſur noſtre riue,
Elle nous trace encor par ces heureux effets
Vn crayon de ſa gloire auec differens traits,
Et fait voir que l'Enfer dans ſa brutale rage
Ne peut iamais ſur elle emporter l'auantage,

H iij

ueniſſet, qui ei etiã
velle & currere vo-
cando præſtaret,
niſi vocatione cõ-
temptâ reprobus
fieret.
Au liure de
l'eſprit & de la
lettre chap. 32.
Vult Deus omnes
homines ſaluos
fieri & in agnitio-
nem veritatis ve-
nire, non ſic tamen
vt eis adimat libe-
rum voluntatis ar-
bitrium, quo vel
bene vel malè vtē-
tes iuſtiſſimè iudi-
centur: quod cùm
ſit, infideles qui-
dem contra vo-
luntatem Dei fa-
ciunt, cùm eius
Euangelio non
credunt, nec ideo
tamen eam vin-
cunt, verùm ſe ip-
ſos fraudant ma-
gno & ſummo
bono, maliſque
pœnalibus impli-
cant, experturi in
ſuppliciis iuſtitiam
eius, cuius in do-
nis miſericordiã,
contempſerunt.

Que malgré ſes efforts ſon rayon pretieux
Frappe diuerſement &) le cœur & les yeux.
Donc ſuiuant d'Auguſtin la celebre doctrine,
Nous pouuons ſouſtenir que la grace diuine
Oblige tout mortel de ſon diuin ſecours:
Mais que les criminels ſont bien ſouuent les ſourds.

    Saint Proſper, ſaint Cyrille, & le fameux Gregoire
De ſuiure mon Soleil veulent tirer leur gloire.
La grace eſt à leurs ſens vn preſent general,
Qui s'offre à tout mortel pour diſſiper ſon mal,
Soit comme vne lueur, ou bien comme vne flamme,
Pour éclairer l'eſprit, ou pour échauffer l'ame;
Le refus, diſent-ils, de cet éclat des Cieux
Eſt l'ouurage maudit de l'homme viticux;
Comme l'obeïſſance à cet Aſtre adorable
Qui diſſipe l'obſcur d'vne nuit effroiable,
Eſt l'effet de la Grace, & du libre vouloir
Qui ſe laiſſe conduire au ſentier du deuoir.

    Aprés l'autorité de ces grands perſonnages
A qui l'antiquité rendit diuers hommages,
Si quelque eſprit hautain oze encore douter,
La raiſon nous fournit dequoy le contenter,
Et ie vay me ſeruir de ſes traits pleins de charmes
Pour détruire l'erreur par ſes brillantes armes.

    Si ſans grace vn mortel n'a point de liberté
Au regard du precepte & de la charité;
S'il ne peut acquerir auec ſa diligence
Ce treſor merueilleux qui paſſe ſa puiſſance;
Et ſi par ce rayon qui chaſſe nos Hyuers

Il se void seulement hors de ses tristes fers;
En vain par l'Eternel la Loy fut establie,
Si l'on ne peut garder le decret qu'il publie.

Au vaste sein des airs en vain par diuers temps
Fait-elle resonner ses foudres éclatans,
Si la pluye aussi-tost ne suit le coup de foudre,
Il fera des mortels vn triste amas de poudre;
Et loing de profiter de ses coups redoublez,
Les hommes languissans en seroient accablez.

Ainsi Dieu par sa Loy nous ouuriroit l'abysme,
S'il ne l'accompagnoit d'vne grace sublime,
Ou d'vne motion qui nous fasse impetrer
Le trait suaue & fort qui sçait nous penetrer.

Mais decidons ce point par l'Oracle adorable:
Escoutes Israël cette voix ineffable;
Obserue les discours, & d'vn Pere, & d'vn Roy:
Mon precepte, dit-il, n'est point pardessus toy:
Et pressé doucement de l'amour qui me touche,
Ie l'ay mis dans ton cœur & logé dans ta bouche.

Ce Dieu dont la grandeur ne veut pas dédaigner
D'asseurer nos esprits & de les enseigner,
Nous apprend par ces mots que sa Grace se donne
Pour nous faciliter les choses qu'il ordonne,
Et monstre que le cœur, & la voix d'vn accord
Peuuent de ses bontez obtenir l'heureux sort.

Mais i'entends adiouster par le supréme Oracle,
Qu'il vous prend à témoin, ô visible miracle,
Ciel qui roulez sur nous d'vn pas tousiours égal,
Qu'il met deuant nos yeux & le bien, & le mal,

gratiæ præmia æterna percipiunt, qui ea nunc, dum promereri poterát, contempserunt. *Liure de la grace & du libre arbitre chap.* 18. Liberum arbitriũ, &c. *page* 53.

Au Deuter. 30. Mandatum hoc quod ego precipio tibi hodie, nõ supra te est, neque procul positum, sed iuxta te est sermo valde in ore tuo, & in corde tuo, vt facias illũ.

Au mesme endroit. Testes inuoco hodie cœlum & terram, quòd proposuerim vobis vitam & mortem,

benedictionem &
maledictionem :
elige ergo vitam
vt & tu viuas.
Saint Bafile en
l'Homelie 6. in
Hexameron.
Si probarum ope-
rationum opera
penes nos fita non
funt, fed ex ortu
neceffitudines
emergunt, fruftra
profecto legvm
latores agendas
res & non agendas
præfcribunt.

Et nous laiffe choifir au gré de noftre enuie
Ou la guerre, ou la paix, ou la mort, ou la vie :
Mais pourroit-il laiffer le libre choix du bien,
S'il n'offroit aux humains fa grace & fon fouftien?
Veux tu qu'on t'obeïffe, ó Sageffe eternelle ?
Et connois-tu le foible en la race mortelle ?
De luy donner des loix fans vouloir accorder
La grace par qui feule elle peut les garder,
Comment dedans la nuit de l'offenfe premiere
Pouuons-nous bien choifir, fi ta viue lumiere
Ne nous monftre le bien, & ne nous preffe encor
D'enrichir noftre cœur de ce diuin threfor?
C'eft ce qu'il fait auffi, fa bonté nous conuie,
Et nous porte à choifir le bon-heur & la vie,
Et pour nous retirer du panchant des pechez
Il menace de mort ceux qu'il en void tachez.

    Malheur foit donc fur ceux qui portent leur blafphéme
Sur fa Iuftice fainte & fa Bonté fupréme,
Nous difans qu'il punit celuy qui doit pecher,
S'il n'a point de fecours qui puiffe l'empefcher.

Obiection.

    Si l'on allegue icy ce vaiffeau de merueille
Qui fent vne langueur à nos langueurs pareille ;
Quand fous la loy du corps, qui l'attache icy bas,
Il fe plaint de commettre vn mal qu'il ne veut pas,
Et que dans la feruaur que l'amour luy tranfpire
Il ne peut accomplir tout le bien qu'il defire.

Refponfe.

    Nous difons que le mal qui furprend la raifon,
Qui furmonte fouuent le cœur par trahifon,
Ce venin dont Adam corrompit la Nature,

                                  Ne

Ne laiſſe pas en l'homme vne vertu ſi pure ,
Malgré tous les efforts de noſtre volonté ,
Qu'il euſt eu dans l'eſtat de la felicité.
Si dans cette meſlée on cueille quelque palme ,
Le combat eſt heureux, la paix ſeroit plus calme ;
Et ſi ſaint Paul eſt libre en ces liens preſſans ,
Cette loy du peché regne encore ſur ſes ſens:
Mais ſans vn libre adueu cette concupiſcence
Eſt vn poids, eſt vn vice, & non pas vne offence :
Il eſt vray que ce poids dont l'homme eſt empeſché ,
Auec neceſſité nous conduit au peché ,
Mais non pas dans l'eſtat de la celeſte grace ,
Qui rend l'ordre au chaos de la confuſe maſſe ,
Et par elle le Ciel d'vn coup de ſes bontez
Deliure le mortel de ſes neceſſitez ,
Lors qu'auec le ſaint Roy ſon ame s'humilie ,
Et demande captiue vn bras qui la délie.

Pſeau. 24.
De neceſſitatibus
meis erue me.

Mais ſi deſſous ce ioug vn homme languiſſant
Ne veut pas demander l'aide du Tout-Puiſſant ,
Luy meſme de ſon mal ſe rendant le complice ,
La foibleſſe chez luy ſe repute à malice ,
Et la neceſſité ne le peut excuſer ,
Puiſqu'il cherit les fers qui doiuent le briſer;
S'il ne veut pas chercher dans cette dure geſne
Le ſecours de ce bras qui peut rompre ſa chaiſne.

Ce n'eſt pas, ô Grand Dieu, que ta ſainte equité
N'euſt pû nous laiſſer tous dans noſtre infirmité,
Et qu'il ne fuſt de droit, que , ſi le premier homme
Voulut à tous tes dons preferer vne pomme ,
Alors que ſans ſuer ſous la peine abbatu,

S. Aug. au liure
de la nature &
de la grace, ch. 5.
Vniuerſa maſſa
pœnas debet , & ſi
omnibus debitum
damnationis ſup-
pliciũ redderetur,
non iniuſtè procul

I

dubio redderetur:
qui ergo inde libe-
rantur , non vaſa
meritorum ſuorũ,
ſed vaſa miſeri-
cordiæ nominan-
tur.

Il pouuoit recueillir le fruit de ſa vertu ,
Qu'il perde tous les biens dont ſa fureur abuſe ;
Puiſque dans ce malheur il ſe void ſans excuſe ,
Et puiſque le beau iour de ſa ferme raiſon ,
Brillant ſans s'eclipſer deſſus ſon horiſon ,
Se cache par plaiſir ſous vn nuage ſombre ,
On pouuoit iuſtement la laiſſer dans ſon ombre.
    Toutefois l'Eternel qui ſonde noſtre cœur ,
Ne veut pas auec l'homme agir à la rigueur.
L'amour, s'il eſt beſoin d'ordonner ſon ſupplice,
Adoucit les arreſts que donne la Iuſtice,
Mais lors qu'il fait du bien , ſa liberalité
Ne meſure ſes dons, qu'à ſa ſeule bonté,
Pour s'épancher ſur nous cet abiſme ineffable
Sonde la profondeur de ſon eſtre adorable ;
Que s'il nous faut punir d'vn foudre eſtincelant,
Il penſe qu'vn mortel n'eſt qu'vn roſeau branlant,
Et ſe reſſouuenant qu'il eſt petri de fange,
Il ne le traitte pas comme le premier Ange,
Car il l'euſt pû laiſſer aprés cette action
Dans la maſſe d'horreur de ſa corruption.
Il veut par le moyen de ſes graces ſans nombre
Chaſſer noſtre langueur, & diſſiper noſtre ombre ;
En ſorte toutefois que l'homme en liberté
Ne peuſt faire le bien qu'auec difficulté,
Qu'vn reſte de vapeur couurant noſtre lumiere
Elle n'a pas l'éclat ny la grace premiere.
    Adam ſeul innocent, ſeul libre , & ſans lien ,
Sans peine & ſans trauail a pû faire le bien:
Mais le pauure heritier de ſa concupiſcence

N'en sçauroit faire aucun qu'aueque resistance :
De traits enuenimez on void que les plus saints,
A la façon de Paul, sont tous les iours atteints,
Et cette guerre en nous se trouue si cruelle,
Que pour vaincre il nous faut vne grace actuelle :
Car si Dieu ne soustient le mortel de son bras,
Entre tant d'ennemis il faut qu'il tombe à bas.

   Mais grand Dieu, que la voix que pousse l'indigence
Touche sensiblement ta diuine Clemence !
Quand l'homme humilié de sa fragilité
Demande le remede à son infirmité,
Loin de le rebutter, tu l'inspire toy-méme
De demander secours à ta bonté supréme.

CHAPITRE IV.

Réponse aux obiections contre la grace suffisante.

LE superbe Caluin, ce fils de Lucifer,
  Combat ces veritez par les forces d'Enfer,
Et contre la beauté de leurs clartez sublimes
Oppose les vapeurs de leurs tristes abismes.
  Mais comme vn fleuue altier dont les flots blanchissans
Déchargent leur courroux sur des prez fleurissans,
Loin de faire vn dégast dans la ieune prairie,
L'eau là rend plus feconde, & beaucoup plus fleurie,
Et ce fleuue en son lict recrû de son trauail
Aussi-tost de ces fleurs void éclatter l'émail :
Tel ce fleuue d'Enfer roulant son eau funebre

I

Sur le terroir sacré de l'Eglise celebre,
Loin de la dépoüiller de ses saintes beautez,
Il releue son iour par ses obscuritez,
Et dans quelque païs s'il couure sa lumiere,
Elle ne laisse pas de demeurer entiere :
Mais quoy l'œil obscurcy par ce flot triste & noir
De sa viue splendeur ne peut s'apperceuoir.

   Maintenant que le foudre a retenu sa course
Sechant ses noires eaux iusques dedans leur source,
Et qu'vn Concile saint par ses sacrez carreaux
A desseché l'humeur de ces maudits ruisseaux,
Cette erreur desormais dans sa langueur opere
Non pour persuader, mais seulement pour plaire,
Sans vaincre la raison par des attraits puissans
Flatant l'homme en son vice, elle gagne ses sens,
Et le libertinage où cette secte mene,
Est la force, & l'appuy qui soustient son domaine :
Quelquefois neantmoins cet esprit odieux
Pourroit d'vn faux éclat nous ébloüir les yeux ;
Lors qu'il pretend couurir ses erreurs manifestes
Du voile specieux des paroles celestes,
Et du charbon sacré pris sur les saints Autels
Allumer vn brasier dont les feux sont mortels.

1. Obiection.
Au liure 2. de
son Inst. c. 3.
nom. 17.

   Il dit que de I E S V S le langage sincere
Nous apprend que tous ceux qui sont instruits du Pere,
Ayant oüy sa voix pleine de mil appas
Viennent à luy sans doute & ne se perdent pas.
Mais voulant n'establir qu'vn secours efficace,
Par ce passage mesme on distingue la Grace.

Réponse.
S. Iean chap. 1.
Illuminat omnem

   Car saint Iean nous apprend dedans le mesme lieu,

Que tout homme icy bas, est enseigné de Dieu,
Que dans tout l'Uniuers sa parole est portée :
Mais pour estre appellé, l'ame n'est pas domptée,
Et plusieurs méprisans cette celeste voix
N'écoutent pas du cœur le Souuerain des Roys.

Mais ceux qui fortunez ont oüy la parole,
Qui du Ciel iusqu'à nous sur l'aisle d'amour vole :
Ce sont ceux qui fléchis vsans de leur secours
Obeïssent au Pere, & ne sont pas les sourds :
Car entendre sa voix, c'est d'vne ame flexible
Obeïr à l'attrait qui nous rend tout possible :
Et parlant des Esleus l'adorable Pasteur
Nous dit que ses Brebis, dont l'Amour est l'auteur,
Entendent bien sa voix, qui des deserts sauuages
Les reioint à ce son dedans leurs pasturages.

Mais ô diuin Berger tu les entens aussi,
Tu les mets à l'abry, quand l'air est objcurcy,
Et leurs cris innocens en frappant tes oreilles
Emportent de ton cœur des faueurs sans pareilles.

Loin de se vouloir rendre, armé de passion
Caluin tire de Paul cette autre obiection.
Ce n'est pas du moriel le vouloir ny la course,
Qui d'vn bon-heur sans prix nous conduit à la source :
Ce bien ne dépend point de nostre liberté,
Il ne peut s'acquerir par nostre volonté,
Et c'est pour celuy seul que la Toute-Puissance
A choisi pour obiet de sa magnificence.

Il est vray qu'icy bas si Dieu choisit vn cœur
Pour exprimer en luy les traits de sa grandeur,
S'il en fait vn vaisseau de gloire & de lumiere,

I iij

hominem venien-
tem in hunc mun-
dum.
Et chap. 6.
Erunt omnes doci-
biles Dei.

S. Aug. au liure
du bien de la
perseuerance.
Aures audiendi ip-
sum est donü obe-
diendi, vt qui ha-
berent venirent ad
eum, ad quem ne-
mo venit nisi fue-
rit ei datum à Pa-
tre ipsius.
En saint Iean
chap. 10.
Oues meæ vocem
meam audiunt.

2. Obiection.
En S. Paul ch.
9. de l'Epistre
aux Romains.
Non est volentis,
neque currentis,
sed miserentis Dei.

Réponse.

Il doit à son seul choix cette grace premiere
Qui nous blesse d'vn trait si charmant & si fort,
Que l'ame auec plaisir cede à ce doux effort.

C'est ce que nous apprend le docte saint Basile,
Lors qu'il dit qu'au Seigneur toute chose est facile,
Que son bras tout-puissant venant nous releuer
Sauue l'homme pecheur, lors qu'il veut le sauuer,
Quand d'vn souffle amoureux poussant sa viue flamme
Il emporte, il surmonte, il triomphe de l'ame,
Et par vn trait d'amour fléchit la volonté
Sans emprunter celuy de la necessité.

C'est ce bien que Iacob receut par preference,
Dont l'origine seule est la premiere Essence,
Car en vain l'homme veut cet honneur special,
Car en vain l'homme court à ce prix sans égal,
Car en vain ie souhaite, incomparable Apostre,
Auoir vn trait du Ciel aussi fort que le vostre,
Si Dieu ne me choisit, i'ay beau le desirer,
Ie suis presomptueux, si ie l'oze esperer.

Mais cela n'exclud pas la grace suffisante,
La nature des deux est toute differente,
L'vne emporte le cœur, que l'amour vient regir,
Le secours est si grand, que Dieu seul semble agir,
Et l'ame dans ce feu dont l'ardeur la consume,
Ne fait rien que ceder au souffle qui l'allume :
Cette flamme qui sort du centre de l'amour,
Cet astre merueilleux qui nous donne le iour,
Se donne quand il veut par sa misericorde.
Mais l'aide suffisant, sa Clemence l'accorde,
Comme vn don general qui nous porte du moins

A chercher en priant remede à nos besoins,
Et s'il veut s'épancher sur vne ame choisie,
Il fait couler sur tous, ⅋ la grace ⅋ la vie.

 Car s'il preuient Iacob par ce diuin present,
Esaü n'a-t-il pas vn secours suffisant ?
Et si l'Eternel donne vn thresor à son frere,
Ne luy refusant pas vn aide necessaire,
Ne peut-il pas aussi par different chemin,
S'il veut se faire effort, arriuer à sa fin ?

 Comme le Pelerin quand l'aurore s'éueille
Peut à l'éclat confus de sa face vermeille,
S'empécher de tomber, s'il prend garde à ses pas,
Encore que souuent il panche iusqu'à bas :
Mais lors que le Soleil chasse la belle aurore,
Et que de ses rayons la montagne se dore,
Sans prendre tant de soin il acheue son tour,
Et semble estre porté dedans le sein du iour.

 De mesme, ce secours que l'Eternel enuoye
Dissipant nostre nuit, ⅋ nous monstrant la voye,
On peut auec trauail suiure ce diuin trait :
Mais la grace eminente, ⅋ le secours parfait,
Ainsi que le Soleil au plein de sa carriere,
Vient obliger nos yeux d'vne viue lumiere
Dont le brillant diuin nous attire si fort,
Qu'il est tousiours suiuy sans peine ⅋ sans effort.
Et c'est cette faueur, ô Sagesse profonde !
Que tu fais à ton choix, non pas à tout le monde.

 Mais s'il peut cheminer à l'éclat du matin,
S'il peut à sa faueur se reioindre à sa fin,
A quoy bon enuier le secours efficace ?

S. *Aug.* au li-
ure 1. à Simpl.
quest. 2. cité cy-
dessus page 60.

Qu'il fasse seulement vsage de sa grace,
Puisque par ce moyen Dieu-luy donne pouuoir
De marcher librement au sentier du deuoir.
Que s'il nous fait suer, & courber le visage
Afin de défricher nostre terre sauuage,
Ne plaignons point la peine, & suiuons hardiment
Par le sentier estroit le diuin mouuement.

 Nos ennemis lassez de combats inutiles
Passent des saints Ecrits dans les doctes Conciles :
Mais aprés mille soins à les examiner,
Ils n'en obiectent qu'vn qu'ils font cent fois tonner.

Le 2. Concile
d'Orange.

Canon 4.
Si quis vt à pecca-
to purgemur, vo-
luntatem nostram
Deum expectare
contendit, non au-
tem vt etiam pur-
gari velimus per
Spiritus sancti infu-
sionem & opera-
tionem in nobis
fieri confitetur, re-
sistit ipsi Spiritui
sancto per Salo-
monem dicenti :
præparatur volun-
tas à Domino : &
Apostolo salubri-
ter prædicanti:
Deus est qui ope-
ratur in nobis
& velle & perfi-
cere.

Ce Concile assemblé pour confondre Pelage,
Ne fauorise en rien leur doctrine sauuage,
Lors qu'il condamne ceux dont l'orgueil effronté
Fait dépendre le Ciel de nostre volonté,
Qui pensent preuenir cette grace premiere,
Ou meriter le iour en ouurant la paupiere.
S'il bat par ses Canons cette erreur qui voulut
Nous rendre le principe en l'œuure du salut,
Nous signons leurs decrets, & soûtenons que l'ame
Ne peut se disposer à receuoir ta flamme,
Amour ! si le rayon de ta sainte faueur
Ne commence à briller, & preparer le cœur;
Lors receuant l'éclat de sa pure lumiere
Qui l'attire du moins à la sainte priere,
Ses bonnes actions, ou son gemissement
Ayant eu leur principe en son saint mouuement,
Peuuent nous disposer à la Grace diuine,
De qui le premier bien tire son origine.
 Que si l'oracle saint du Monarque des Roys

Inuite le pecheur d'vne fecrette voix,
De difpofer fon cœur à receuoir la vie,
La femonce du Ciel feulement le conuie,
De ne fe pas cacher de ce trait amoureux
Qui ne le veut bleffer que pour le rendre heureux,
Et que du Publicain fuiuant la fainte trace,
En priant, & pleurant il attire la grace :
Mais fans auoir receu du Sauueur liberal
Ce fecours fuffifant, qu'il donne en general,
Chacun eft infenfible au dur coup qui le tuë,
Qui penetrant le cœur s'échappe de la veuë :
Ainfi pour le connoiftre, & pleurer fon defaut,
Il faut eftre éclairé des lumieres d'enhaut,
Et ce rayon diuin, quand fur l'homme il s'imprime,
Tire l'eau de fes pleurs des vapeurs de fon crime.

Heureux épanchement, eloquence du Ciel
Qui d'vn iuge irrité fçait diffiper le fiel,
Sueur d'vn cœur preffé, fang des ames bleffées,
Dont comme vn diamant tes armes font froiffées,
Grand Dieu, qui ne fçaurois punir vn penitent,
Et qui combles de biens vn homme repentant.

Et comme on void l'aurore en chaffant les eftoilles,
Et de l'humide nuit rompant les fombres voiles,
Sur vn throfne de pourpre orné de brillants d'or,
De fes perles fans prix diftiller le threfor,
Rendre à Flore l'éclat, enrichir la nature,
Et des ieunes gazons embellir la verdure.

Ainfi l'aube d'vn iour qui n'a point de pareil,
Qui precede toûiours le fupréme Soleil :
Lors que dans noftre fein s'imprime fa puiffance,

K

Fait des yeux du pecheur qui pleure son offence
Sortir ce grand thresor, qui changeant son estat,
Fait d'vn coup tout-puissant vn Saint d'vn Apostat,
Et par qui l'ame peut, au sortir de ce monde,
Meriter pour iamais la gloire sans seconde.

Mais contre ces raisons i'entends encor la voix
Du superbe Caluin, qui reduit aux abois
Cherche de reüssir dedans son entreprise
Par les autoritez des Peres de l'Eglise.

Il dit que le Docteur dont i'emprunte le iour,
Ce brillant merueilleux de la celeste Cour,
Des graces du Seigneur faisant la difference,
Dans l'estat de la cheute, & l'estat d'innocence,
Enseigne clairement que l'attrait suffisant
Du Ciel au seul Adam fut donné pour present,
Par lequel il pouuoit vaincre aisément les vices,
Et garder l'innocence au iardin des delices;
Où l'eternel Printemps sur l'aisle des Zephirs
Venoit chargé de biens combler tous ses desirs;
Où la gloire & la paix estans son doux partage,
Nulles difficultez n'ébranloient son courage:
Mais dans ces tristes lieux, où nous sommes rampans,
Où les lis ne font plus étouffer les serpens,
Où les tentations comme vn vent effroyable
Agitent sans repos nostre ame miserable,
N'auons nous pas besoin que la diuine main
D'vn trait victorieux aide le cœur humain?

Ie réponds, qu'en l'estat de nostre mal funeste,
Nous auons tous besoin de cet attrait celeste,
Et qu'il faut que le feu qui détruit le peché,

Au liure 2. de ses Inst. c. 3. n. 13.
Audiamus Augustinum suis verbis loquenté, ne ætatis nostræ Pelagiani, hoc est Sorbonici Sophistæ, totam vetustatem nobis aduersam more suo criminentur.
S. Aug. au liure de la Correct. & de la Grace ch. 11. & 12.

Qui diſſoud cette chaiſne, où l'homme eſt attaché,
Soit actif & puiſſant pour deliurer noſtre ame,
Et rallumer ſon iour à l'éclat de ſa flamme.
Mais le ſecours donné pour preparer le cœur
A receuoir du Ciel cette haute faueur,
Cette motion ſainte où l'Eternel le preſſe
Pour obtenir ce bien de le prier ſans ceſſe,
Eſt vn ſecours commun qui ſe dit proprement,
De la grace parfaite vn ſaint commencement.
C'eſt la fleur qui promet ce ſacré fruit de vie,
Qui chaſſe les langueurs ſous qui noſtre ame plie,
Fleur qui croiſt dans les champs, & que ſeme en tous lieux,
Celuy qui fit de rien la machine des Cieux.
Le bel aſtre du iour dans ſon tour de merueille
Voit éclater par tout ſa beauté ſans pareille,
Et chacun, l'Eternel ſe rendant ſon appuy,
Peut demander le bien ou le faire par luy.

Cet aide ſuffiſant dedans ce point differe
De celuy qu'autrefois receut le premier pere,
Qu'il luy fut accordé pour garder la ſanté,
Entretenir ſon luſtre & ſa fidelité :
Mais il ſe donne à nous en forme de remede
Pour chaſſer les langueurs du mal qui nous poſſede.
Qui l'euſt pû conſeruer dedans ſon lieu natal,
Nous peut tirer du fond de l'abiſme fatal,
Et de diuers effets dans leur pareille force
Ce qui fut ſon ſouſtien doit eſtre noſtre amorce.

Que ſi ce grand Docteur dit que la volonté
Ne reſiſte iamais à la Diuinité,
Il entend ſeulement quand la grace abondante

Vient par diuers attraits se rendre triomphante,
Que l'homme auec plaisir luy rend sa liberté,
Et receuant son ioug couronne sa beauté.
Qui voudroit resister à cet attrait sublime,
Où par vn trait de feux l'éclat du Ciel s'exprime,
Lors qu'il veut à nos yeux exposer son crayon,
Et de sa Maiesté faire voir vn rayon?

 L'ame dans ce haut point void l'or comme la boüe,
De toutes les grandeurs sa sagesse se ioüe,
Et l'amour paroissant plein de fleurs & d'attraits
Ne sçauroit la blesser du plus fort de ses traits;
Ces graces proprement s'appellent ioüissances,
Gloire, felicitez, amour, paix, abondances;
C'est l'éclat de la Croix, la pompe du Sauueur,
Qui ne fait pas à tous cette illustre faueur:
Car il veut le trauail de la pluspart du monde,
Et que l'homme en suant agisse & le seconde.

 Nostre aduersaire enfin se voyant desarmé
Recourt à l'inuectiue, & d'vn ton allumé
Déguisant sa fureur sous vn pieux langage,
Dit que cette doctrine est celle de Pelage,
Soûtenant que le Ciel estant nostre soûtien,
Tous auec son secours peuuent faire le bien.

 Que si saint Augustin allumé d'vn saint zele
A condamné le sens de cet homme infidelle,
Ie suy son digne exemple, & iamais le poison
De ses noires vapeurs n'a troublé ma raison.

Grande diffe-
réce des Theo-
logiens & des
Pelagiens.

 S'il dit que le secours qui nous rend tout possible
Est vn secours externe, est vne voix sensible:
Nous enseignons, grand Dieu, que toy seul as pouuoir

De sonder nos esprits, & de les émouuoir,
Que l'vnion des cœurs à ton estre adorable
Est l'effet merueilleux du lien ineffable,
Confessant de l'amour les douces motions
Necessaires à tous en toutes actions.
  C'est ce que l'orgueilleux ne veut pas reconnoistre,
S'attribuant l'honneur de preuenir son Maistre.
De plus nous soustenons que ce premier secours
Que Dieu dans nos besoins nous offre tous les iours,
Doit estre accompagné de deux sortes de grace
Pour dissiper nostre ombre & fondre nostre glace,
Et le Ciel qui nous meut, doit encor par son bras
Soûtenir nos langueurs & conduire nos pas.
Mais ce superbe esprit estimant tout facile,
Met ses faueurs au rang d'vn present inutile.

La grace concomitante & subsequente, estimée inutile des Pelagiens, est necessaire.

Que si les reiettons de ce tronc demi-mort
Admettent vn secours qui preuient nostre effort,
Ce n'est pas pour cela que la raison diuine
A condamné le sens de leur troupe mutine ;
Mais c'est pour auoir creu, c'est pour nous soustenir,
Que la grace de Dieu se pouuoit preuenir,
Et qu'on peut meriter ce thresor admirable
Auec vne action chetifue & miserable.
S'ils en souffrent enfin qui preuienne le cœur,
Ils font tous consister dedans l'exterieur,
Sans vouloir obseruer qu'en vain par la rosée
Du champ du laboureur la terre est disposée,
Si le grain n'est semé, iamais dans la saison
Les espics iaunissans n'emplissent sa maison.
  Ainsi des saints Docteurs la celeste eloquence

Ne produit rien en nous fans la fainte femence,
Et l'homme ne fait rien encor qu'il foit inftruy,
Si la grace ne germe *et* ne demeure en luy.

S. Profp. en fon
Poëme chap. 14.
Percurrat Apoft.
&c. cy-deffus
page 53.

L'Apoftre a beau prefcher la parole diuine
Cultiuer noftre cœur, en arracher l'efpine,
Ce foin eft inutile, *et* n'aura point d'effet,
Si l'Eternel n'agit fur ce fonds imparfait:
Car proprement le grain qui produit l'abondance
Eft de l'efprit diuin la diuine femence,
Et ce puiffant amour eft le principe heureux
Des graces, *et* des biens, des clartez *et* des feux.

  D'ailleurs fi faint Profper condamne en fon ouurage
L'ingrat qui fe vantoit d'vn fuperbe langage
De retenir le bras du fuprême vainqueur,
Empefchant que fa grace échauffe noftre cœur.

  Nous difons auec luy que de tes fléches faintes
Noftre ame ne fçauroit éuiter les atteintes,
Amour, *et* que tes feux au gré de ton vouloir
Peuuent la furmonter, la preffer, l'émouuoir:
Mais que ne voulant point la liberté détruire,
Ta grace laiffe libre, *et* venant nous conduire
Quand tu veux nous bleffer de ton trait le plus doux,
Te pouuant refifter on fléchit à tes coups.

Accingere gladio
tuo fuper femur
tuũ,potentiffime.
Pfal. 44. 4.
Specie tua & pul-
chritudine tua,
intende profperè.
procede, & regna.
Pfal. 44. 5.
Populi fub te ca-
dent. Pfal. 44. 6.

  Arme toy, mon Sauueur, de ces heureufes armes,
Parois à l'Vniuers enuironné de charmes,
Regne par ta beauté deffus tous les mortels,
Que ces attraits diuins t'éleuent des autels,
Que ton œil comme vn dard faffe en nous mille bréches,
Que les peuples foûmis tombent deffous tes fléches;
Fléchis par ton amour la fiere liberté,

Nous suiurons les parfums qu'exhale ta bonté.
Cette source de feux si douce & si profonde
Par differens conduits s'épanchant sur le monde,
Bien qu'elle offre la vie & le salut à tous,
Ne fait par tout l'effet qu'elle pretend sur nous :
Dans son cours glorieux souuent cette eau celeste
Trouue pour l'arrester vne digue funeste :
Et combien le Soleil faisant ses tours reglez,
Voit-il dans tous les temps de mortels aueuglez,
Qui charmez de leur vice & de leur infortune
Méprisent la faueur d'vne grace commune,
Et pouuant refuser ou prendre ce present,
Ne se seruent iamais de l'aide suffisant ?

   Mais par la liberté si la Grace diuine
Se refuse à son gré, s'accepte & determine,
Contre le sens de Paul, ce ne sont pas ses traits
Qui discernent les bons d'auecque les mauuais.

   Bien que la liberté subsiste toute entiere,
La grace à son aspect ne perd point sa lumiere,
Au contraire en la nuit de ce triste seiour,
Ce bel astre produit & conserue son iour,
Et par elle du Ciel la bonté sans seconde
Rompt les fers dont Adam a chargé tout le monde.

   Loin donc de dérober à la Grace l'honneur,
Loin de nous discerner dedans nostre bon-heur,
Nous disons humblement que tout le bien vient d'elle,
Et lors qu'elle est receuë en l'ame du fidelle,
Par elle seulement estant hors des liens
Seule elle le discerne & produit tous ses biens.
S'il attaint la suiuant le but qu'il se propose,

Obiection tirée
de la premiere
aux Corint.

Réponse.

Explication du
passage tiré de
la premiere aux
Corinth.
Quis enim te dis-
cernit ?

Tout l'honneur en eſt deu à la premiere cauſe,
Sans qui ce malheureux ſous l'ombre de la mort
N'auroit point veu changer ſon miſerable ſort.

    Par ces autoritez que la Foy nous preſente,
Aprés auoir fondé la grace ſuffiſante
Pour conuaincre l'eſprit il faut encore voir
De plus prés ſa nature, & quel eſt ſon pouuoir.

CHAPITRE V.

De la nature de la Grace ſuffiſante.

Aluarez au li-
ure 2. des aides
de la Grace,
Diſput.79. nu.2.
& auec luy les
Thomiſtes.

L'V N *veut la comparer auec vn ſens ſeuere*
    A ce feu ſans chaleur qui vit dedans ſa ſphere,
Ne donnant point d'effet à cette motion
En nul ſiecle, nul lieu, nulle condition.

Les nouueaux.

    L'autre dit que touſiours cette celeſte flamme
A l'effet pour lequel elle ſe donne à l'ame.

    Pour ſuiure la ſplendeur des plus viues clartez
Nous tenons le milieu de ces extremitez,
Et diſons que d'Adam la race languiſſante
Reçoit de l'Eternel la grace ſuffiſante,
Que l'effet quelquefois ſuit ce ſaint mouuement,
Mais que dans nos langueurs ce n'eſt que rarement.

Molina & les
ſiens.

    Ceux qui ſuiuent ce ſens ont diuerſes penſées,
L'vn croit que ces clartez ſont touſiours diſperſées,
De façon qu'vn mortel ſecondant ſon effort
Pourroit à ſa faueur arriuer à bon port,
N'ayant point de beſoin d'vne grace plus grande
Pour regler ſes deſirs ſur ce que Dieu commande.

L'autre

L'autre dit que ce trait nous eſt donné d'enhaut
Pour impetrer du Ciel la grace qu'il nous faut ,
Que cette motion nous diſpoſe & prepare
A receuoir vn bien plus parfait & plus rare ,
Et que par ce ſecours tout homme criminel
Peut obtenir de Dieu le ſalut eternel.

Comme durant la nuit la nature qui veille
Sur ce vaſte Vniuers cependant qu'il ſommeille ,
Pour charmer la chaleur ſous qui s'abbat ſon corps ,
Fait ſortir vn air frais de ſes ſecrets threſors ,
Et par ces doux ſouſpirs de qui le Ciel s'enchante
Rappelle doucement ſon Aurore naiſſante ,
Qui pour plaire à ſes yeux en ſon ieune orient
Seme de mille fleurs ſon viſage riant ;
L'or enrichit ſon char , la pourpre l'enuironne ,
De roſes & de lys elle fait ſa couronne ,
Et deſſus l'horiſon en ce haut appareil
Faiſant ceſſer la nuit ramene le Soleil.

De meſme le ſouſpir , ce vent du petit monde ,
Que pouſſe le pecheur dans ſa douleur profonde ,
Attire à ce doux air la fourriere du iour ,
Qui fait naiſtre en nos cœurs le bel aſtre d'amour ;
Mais d'vn euenement tout rempli de merueille ,
Ce ſouſpir eſt produit par celle qu'il réueille.
La grace en eſt la ſource , & s'il ſçait l'attirer ,
C'eſt par le ſeul moyen qu'elle daigne inſpirer ;
Ainſi de tous nos biens eſtant l'vnique cauſe ,
L'homme de ſon ſecours doit tenir toute choſe.

Des plus ſçauans Docteurs deſſus ces veritez
Remarquons les diſcours & ſuiuons les clartez.

L

Eſtabliſſement de la plus commune & plus probable opinion.

Comparaiſon.

Alexãdre Hal-
les en la 3.partie
q. 69. memb. 3.
art. 3. dans la
réponse au 6. ar-
gument, s'expli-
que en ces ter-
mes:
Homo naturaliter
scit se. non semper
suisse, scit se fa-
ctum esse, & ita
scit se habere prin-
cipium , & scit
quòd ab illo de-
bet petere bonum,
& quòd per illum
debent suppleri
omnes sui defe-
ctus : si ergo se-
cundùm istã mo-
tionem operetur
homo suo arbitrio,
recurrendo ad il-
lum quem scit suú
esse principium,
& quem scit esse
orandum sibi, &
petat ab eo lumen
cognitionis fidei
& boni, dabitur ei.
Il faut remar-
quer que ce Do-
cteur admet con-
formément au
sentiment de tou-
te l'Eglise, que
nul ne se peut
disposer à la gra-
ce sans la grace.
C'est au mesme
endroit en la ré-
ponse au 3. Ar-
gument.
S. Thomas en sa
1. 2. quest. 100.
art. 10.
Non est impossibi-

Le Docteur qu'autrefois nul ne vouloit dédire,
Qui sur tous les esprits auoit gagné l'empire,
Establit dans l'obscur de l'infidelité,
Le rayon bien faisant de sa belle clarté.
Tout mortel à son sens instruit par la nature,
Reçoit de la raison la lumiere assez pure,
Pour sçauoir qu'il n'a pas en tous les temps diuers
Subsisté dans le sein de ce vaste Vniuers.
Il sçait donc qu'il fut fait, & qu'ayant vn principe
L'estre de sa bonté s'écoule, & participe ;
Il sçait bien qu'à l'auteur qui luy donne le iour,
Il doit quelque tribut de loüange & d'amour,
Et que s'il a besoin de grace singuliere,
Il se doit addresser à la cause premiere :
S'il agit de la sorte, & s'il veut bien vser
Du secours dont le Ciel veut le fauoriser,
En acceptant le trait de la premiere grace,
Sans doute il obtiendra le secours efficace.
Il faut icy peser auec ce grand Docteur,
Que ce premier rayon qui touche nostre cœur,
N'est pas vn mouuement de la seule nature ;
Pour porter ce beau fruit sa seue est trop impure :
Mais l'aide suffisant réueillant le Payen
Luy donne ces clartez, & ces desirs du bien.

L'Angelique Docteur dont la clarté sacrée
Du brillant le plus pur a l'Escole parée,
Dit que par nos secours la loy de charité,
N'a point à nostre égard d'impossibilité,
Nous pouuant disposer à receuoir la flamme
Qui fond heureusement les glaces de nostre ame :

Mais dit vn graue Auteur, que beaucoup vsent mal
De ce don precieux de l'aide general.

 Du docte Bellarmin obseruons la sentence,
Il dit que Dieu nous donne en nostre defaillance,
Vn secours continu dont l'homme rendu fort
Peut éuiter le mal, & se rendre à bon port,
Soit en nous éclairant d'vne forte lumiere,
Soit en nous inspirant seulement la priere
Pour obtenir du Ciel vne autre motion,
Capable d'acheuer nostre conuersion ;
L'amour offre tousiours son carquois plein de fléches,
Nous presse d'en vser pour faire au Ciel des bréches,
Et d'vn souffle amoureux allumant nos desirs,
Blesse si nous voulons vn Dieu par nos souspirs,
Luy mesme ouure son sein à cette douce atteinte,
Et pour nous secourir nous inspire la plainte,
Disans la larme à l'œil d'vn cœur aneanty :
Conuertis moy Seigneur ie seray conuerty.

 Par tant d'oracles saints que le Ciel autorise,
La grace suffisante est receuë en l'Eglise,
Ou comme vn trait puissant par qui l'homme touché
Peut en le receuant se tirer du peché ;
Ou comme vn mouuement qui du moins le conuie
De chercher en son Dieu le remede & la vie.
Rien ne peut empescher ce trait du souuerain
De faire son effet dessus vn cœur d'airain,
S'il ne s'oppose à luy dans sa malice extréme ;
Car il doit estre admis suffisant de luy mesme,
Par lequel le mortel puisse garder la Loy,
Puisse aimer, puisse croire ou demander la foy.

L ij

le homini obser-
uare præceptum
charitatis, quia
potest se disponere
ad charitatem.
Henry de Gand
quolibet 8. quest.
5.
Dei admonitio æ-
qualiter offertur
omnibus, quã qui
à se repellit, red-
dit se indignum vt
amplius iuuetur.
Le Cardinal
Bellarmin au
liure 2. de la
Grace & du li-
bre arbitre ch. 7.
Quoniam certum
est, aliquos non
habere sufficiens
auxilium, quo pos-
sint immediatè re-
sistere tentationi
& peccatum vita-
re : tamen habere
auxilium quo pos-
sint à Deo maio-
rem gratiã, maio-
résque vires, ma-
iora denique præ-
sidia impetrare,
quibus adiuti om-
nino tentationi
resistent, & pecca-
ta vitabunt.
Outre les Au-
teurs que l'on a
citez, il y en a
encore vne infi-
nité dont l'on n'a
pas voulu appor-
ter les passages,
de crainte d'en-
nuyer le lecteur :
comme sont
Thomas Argen-

tina fur le 2. des
fentences dift.
27. art. 3.
Iean Maior fur
le premier des
fentences dift.
41. queft. 2.
Denys le Char-
treux fur le 2.
des fentences
dift. 28. queft. 2
Iean Driedo au
liure de la capti-
uité & de la re-
demptiõ du gen-
re humain, trai-
té 5. ch. 8. conclu-
fion 8.
Ruard Taper
art. 7. du libre
arbitre, §. ex qui-
bus partet.
Et generalement
tous les Docteurs
Catholiques.
*En la 1. 2. queft.
100. art. 10. cité
en la page 82.

Ceux qui de faint Thomas expliquent la doctrine,
Changent en vain fon fens fur ce qu'il determine :
Car s'il dit que le Ciel nous oblige en ce lieu
A ce que nul ne peut fans la grace de Dieu,
Et s'il dit que chacun ne reçoit pas la grace,
Il entend feulement le fecours efficace,
Que Dieu ne donne pas à tous fans foufpirer,
Mais que chacun obtient s'il veut s'y preparer.
* Et ce Docteur nous dit en s'expliquant foy-mefme,
Qu'on fe peut difpofer à la grace fupréme ;
Si cela ne fe peut fans le diuin concours,
Ce Saint doit donc admettre vn fuffifant fecours.
C'eft vn threfor commun, que le fouuerain Maiftre
Prepare à tout mortel, dés qu'il luy donne l'eftre,
Auecque la raifon chacun reçoit le bien
De la mefme bonté qui le tire du rien :
Ainfi ces deux ruiffeaux ayans la mefme fource
Se reioignent en nous dans leur diuerfe courfe,
Et iufques à la mort les flots myfterieux
De l'aide fuffifant nous portent vers les Cieux,
Nous difpofant au iour triomphant des tenebres,
Qui ne luit pas toufiours dans ces ombres funebres.

S. Aug. au liure
de l'Efprit & de
la lettre chap. 19.
cité en la pag. 27.

Et de l'Aftre eternel ce rayon fi chery
S'abfente quelquefois du cœur d'vn fauory,
Quand Dieu priue le Saint de ce trait efficace,
Pour luy faire fentir le befoin de la grace,
Et faire qu'il conferue en fon infirmité,
Sous la cendre d'Adam la fainte humilité ;
C'eft ainfi que du iour s'altere la lumiere,
Que le Soleil s'eclipfe au plein de fa carriere,

Que l'orage en Esté surprend le laboureur,
Et qu'un souffle au Printemps abbat la ieune fleur.

   Mais comme le Soleil priuant la belle Flore
De son brillant regard dont elle se colore,
Faisant place à la nuit, luy monstre autant d'amour,
Que remontant pour elle au clair thrône du iour,
Si l'ombre moderant sa chaleur embrasée,
Croist le lustre des fleurs par sa douce rosée,
Quand son voile agité du souffle des Zephirs
Répand sur les iardins ses liquides saphirs.

   Ainsi l'astre naissant dans les splendeurs du Pere
N'est pas pour ses Eleus plus dur ny plus seuere,
Les priuant du rayon d'vn secours special,
S'il ne les veut laisser dans l'ombre de leur mal,
Que pour purger leur cœur de vaines complaisances,
Pour combler leurs vertus sous le poids des souffrances,
Et pour leur faire voir que leur fidelité,
Leur force, & leur feruear dépend de sa bonté.

   Ainsi lors que le Saint passe ces heures calmes,
Lors que dans vn conflit il se charge de palmes,
Qu'il sçache que la grace est toute sa vigueur,
Qu'il doit la demander s'il veut estre vainqueur.
Que si l'ame abbatuë & rampante en la fange,
Neglige de prier par vn orgueil estrange,
Ne s'ouure-t-elle pas auec son propre fer
De ses fatales mains le gouffre de l'Enfer?
Donc la presomption secrette, ou manifeste,
Se rend de nos malheurs l'origine funeste;
Ce souffle enuenimé qu'exhale Lucifer,
De la grace de Dieu détourne le doux air:

Car l'Esprit eternel duquel elle est sortie,
Ne choisit pour son lieu que l'ame aneantie,
Alors que l'œil baissé plein de confusion,
Elle souspire au Ciel pour sa conuersion,
Et sans s'attribuer que la seule misere,
Met son vnique espoir aux bontez de son Pere.

Ce discours bien pesé resoud en vn instant
La grande question qui nous agite tant,
Pourquoy du Souuerain la supréme iustice,
Sauue quelquefois l'homme accablé de tout vice,
Plûtost que celuy là dont le moindre peché
Semble meriter mieux de s'en voir détaché.

Aprés auoir, Seigneur, adoré ta science
Qui ne se peut sonder par nostre connoissance,
Et qui dessous l'éclat d'vn voile glorieux
Couure ses beaux secrets à nos debiles yeux :
En suiuant de tes Saints la trace memorable
Si nous sondons de loin ce conseil ineffable,
Ce que l'on peut connoistre en ce terrestre lieu,
C'est que par nostre orgueil en resistant à Dieu,
Il retire de nous ce rayon fauorable,
Qu'il ne refuse pas à l'humble miserable ;
Ainsi si le Gentil s'abbaisse sous son poids,
Encore qu'il n'ait eu ny Prophete ny loix,
Il verra le Soleil sans auoir eu d'aurore,
Cependant que le Iuif veille, & l'attend encore.
Israël peuple esleu presumant trop de soy,
Et se glorifiant des œuures de la loy,
Rend par ce vain orgueil son trauail inutile,
Et se trouue priué du bien de l'Euangile.

En S. Iacques
chap. 4.
Deus superbis re-
sistit, humilibus
autem dat gratiā.
En l'Epistre aux
Romains chap. 9.
Gentes quæ non
sectabantur iusti-
tiam, apprehende-
runt iustitiam : iu-
stitiam autem quæ
ex fide est. Israël
verò sectando le-
gem iustitiæ, in le-
gem iustitiæ non
peruenit. quare?
Quia non ex fide,
sed quasi ex operi-
bus.

Dure souftraction ! quoy ce peuple chery
Que Dieu marque à son seau comme son fauory,
Se trouue maintenant sans temple & sans victime,
Insupportable à tous à raison de son crime ?

Mais dans cette rigueur la diuine Bonté
Mesle encor des effets de sa benignité ;
Car si de l'orgueilleux la grace se retire,
Deuant en mal vser son sort en seroit pire,
Et ne meritant pas l'efficace secours,
De l'aide suffisant s'il abuse tousiours,
On l'oblige en cessant ce concours admirable,
Puisqu'en le meprisant, il se rend plus coupable :
Car ce trait qu'en viuant l'amour nous rend si doux,
Se change par la mort en vn fer de courroux.

Lors que Dieu se retire en cet acte seuere
S'il luy plaist dessus nous d'agir encore en pere,
Remarquons maintenant si dans l'acte d'amour,
Par lequel il nous crée & nous donne le iour,
Il ne prepare pas à cette creature,
Pour acquerir le bien conforme à sa nature,
Des moyens suffisans pour fournir son chemin
Et pouuoir se reioindre à sa derniere fin.
Nous auroit-il voulu retirer d'vn abysme
Pour nous precipiter dedans celuy du crime ?
Que si le dur Enfer dans son gouffre beant
Est pire mille fois que n'estoit le neant,
Pourquoy nous mettez vous en ce monde visible,
Grand Dieu, si sans voftre aide il nous est impossible
D'éuiter de tomber, & que sur ce glissant
Vous refusiez l'appuy de voftre bras puissant ?

Le fiel peut-il couler d'une diuine source?
Quoy du sein de l'amour peut-il prendre sa course?
Et vostre volonté cet astre du matin,
Qui de tous les mortels sçait regler le destin,
Ne veut-il influer qu'vne peine infinie,
A qui reçoit de luy la raison & la vie?

CHAPITRE VI.

De la volonté que l'on doit conceuoir en Dieu
de sauuer tous les hommes.

N OVS *deuons remarquer en Dieu deux volontez;*
De la premiere il sort mille felicitez,
Mais ce fleuue de paix dans sa course diuine
Ne reioint pas chacun à sa pure origine;

S. Chrysostome
sur le 1. chap. de
l'Epistre aux
Ephes. Home-
lie 1.
Prima & præce-
dés voluntas Dei
est, ne peccatores
pereant : secunda
voluntas, vt qui
sunt mali pereant.
Caluin au liure
3. de son Institu-
tion, chap. 24.
nomb 15. & 16.
& les Noua-
teurs.

Car si par sa bonté Dieu par moyens diuers
Veut sauuer tout mortel qui vit dans l'Vniuers,
C'est à condition qu'il se garde du vice,
Qu'il suiue les sentiers tracez par la iustice;
Mais le dernier decret d'vn absolu pouuoir
Ne sauue que celuy qui vit dans son deuoir.
Caluin & les peruers qui suiuent cette trace,
Et se sont declarez ennemis de la Grace,
Essaient de cacher les saintes veritez,
Dessous le voile obscur de leurs malignitez:
Ils disent que de Dieu la bonté sans mesure
Desauoüant ses traits, méprisant sa figure,
N'a pas voulu sauuer tant d'hommes criminels,
Mais qu'il les a creez pour les feux eternels.

Dieu

Dieu dés l'eternité preuoyant ce blaſpheme
Voulut prendre le ſoin d'y répondre luy-meſme;
Mais il n'y répond pas d'vn diſcours ſeulement,
Il iure ſur ſa vie, & nous fait vn ſerment
Qu'il ne deſire point la perte du coupable,
Et ne veut point la mort du pecheur miſerable;
Mais qu'il ſe conuertiſſe, & viuant ſous ſa loy
Qu'il luy rende vn tribut & d'amour & de foy.

Trop heureux criminel pour qui l'Eternel iure
Si ſa ſeule parole eſt ſi vraye & ſi pure,
Quel monſtre de l'Enfer, quand Dieu fait vn ſerment,
Oſeroit perſiſter en ſon aueuglement?

Ma Muſe arreſte icy le cours de tes carreſſes,
Referme tes threſors & ſuſpend tes largeſſes,
Sans contraindre ma flamme apprend en ce beau iour,
Que le ſilence ſuit l'excés du ſaint Amour,
Quand ce feu qui s'allume au braſier adorable
Pouſſé rapidement par vn ſouffle ineffable,
Embraſe noſtre cœur, & dans ce doux tranſport
Du pinceau de la vie y peint des traits de mort;
Ceſſe donc de verſer les eaux de tes fontaines,
Vn nectar bien plus doux coule dedans mes veines;
Vn Dieu me fait ſerment, vn Dieu iure pour moy,
Vn Dieu me veut ſauuer, il m'en donne ſa foy.
Abyſme de bonté, d'où ſort cette clemence
Qui m'attend ſi long-temps, qui ſuſpend ta vengeance,
Par combien de détours pour nous rendre la paix
Pourſuis-tu viuement le cœur des plus mauuais?

Les Conciles ſacrez ont frappé d'anatheme
Quiconque nie en Dieu, par vn ingrat blaſpheme,

M

En Ezechiel
chap. 33.
Quare moriemini
domus Iſraël, dicit
Dominus; viuo,
ego nolo mortem
peccatoris, ſed vt
conuertatur & vi-
uat.
C'eſt la penſée
de Tertullien
au liure de la
Penitence ch. 4.
O Beatos nos
quorum cauſa
Deus iurat! ô mi-
ſerrimos ſi nec iu-
ranti Deo credi-
mus !
En l'Epiſtre 1. à
Timothée ch. 2,
Deus vult omnes
homines ſaluos
fieri, & in agnitio-
nem veritatis ve-
nire.
En ſaint Matt.
chap. 11.
Venite ad me om-
nes qui laboratis,
&c.
En la 2. Epiſtre
de ſaint Pierre
chap. 3.
Deus patienter
agit, nolens ali-
quos perire, ſed
omnes ad pœnité-
tiam reuerti.

Le Concile de
Mayence.
Il eſt à remar-

Cette volonté fainte, & ce premier deffein
Qu'il a de nous fauuer, & nous mettre en fon fein,
Car ce bien infini que l'on ne peut comprendre,
Sur tous inceffamment cherche de fe répandre.

    Mais fi ce Dieu vainqueur nous peut tous enleuer,
Que ne fauue-t-il tout, puifqu'il veut tout fauuer?
C'eft ce que fait auffi fa bonté fans feconde,
Autant qu'il eft en luy, Dieu fauue tout le monde,
Il fouftient fa langueur, le comble de prefens,
Il eftablit pour luy des fecours fuffifans.
Mais ce diuin auteur de toute creature
Ne voulant pas détruire vne libre nature,
Sa grace feulement fait que l'on peut choifir

Ou le bien ou le mal au gré de fon defir,
Et fur diuers obiets l'ame dans la balance,
De foy la volonté cette altiere puiffance
Se trouue indifferente, & choifit à fon gré,
Ou le plus agreable, ou le plus affeuré,
Si par fon propre choix l'homme fe rend coupable,
En doit-il accufer cette main fauorable,
Qui par vn faint excés de liberalité
A voulu le laiffer dedans fa liberté?

CHAPITRE VII.

De la mort de IESVS-CHRIST pour tous les hommes.

MAIS qui doute du iour au plein de fa lumiere,
Peut douter de l'amour de la caufe premiere;

Lors que le Tout-Puiſſant abandonne ſon Fils,
Et veut nous racheter par ce glorieux prix,
S'il conſent à ſa mort, afin qu'il nous anime,
S'il le rend ſur la Croix noſtre illuſtre victime,
Si ſa flamme le preſſe à faire cet effort,
Auroit-il voulu rendre inutile ſa mort ?
De l'Aſie autrefois le Conquerant celebre,
Dont l'éclat fut ſi grand, & la fin ſi funebre,
Pour animer les ſiens que la frayeur abbat,
D'vn ton maieſtueux leur dit prés du combat,
Que ſi les Dieux pour Chef leur reſeruent Pompée,
Leur attente ſous luy ne peut eſtre trompée,
Que le Ciel ne veut pas ſe vanger des Romains,
Si pour les ſouſtenir il leur preſte ſes mains,
Et que le ſort pour eux incline la balance,
S'il ſe ſert de ſon bras pour eſtre leur defence.
IESVS, pour aſſeurer la crainte des mortels
Quand tu les vois tremblans au pied des ſaints Autels,
Ne leur dois-tu pas dire auec plus de iuſtice,
Que ſi le Souuerain euſt voulu leur ſupplice,
Il ne t'euſt pas liuré par vn ordre eternel
Au tourment de la Croix pour chaque criminel ?
Qu'il ne t'a pas fait voir durant noſtre nuit ſombre,
Soleil de nos eſprits, pour les laiſſer dans l'ombre,
Et qu'il n'a pas deſſein de perdre l'Vniuers,
S'il luy donne vn Sauueur pour briſer tous ſes fers.
Quoy ſous ce doux éclair la terre ingrate tremble,
L'amour & la fureur s'accordent-ils enſemble ?
Le Pere d'vne main liurant ſon fils aux coups,
Peut-il ouurir de l'autre vn abyſme pour nous?

M ij

Et Dieu qui par essence est principe de vie,
La fait-il moins couler de sa source infinie,
Qu'Adam ne fit son mal, qui dans son mauuais sort
N'est que par accident vn principe de mort?
Que si d'vn sang diuin ta flamme est liberale,
I E S V S, dans ce torrent l'homme est-il vn Tantale?
Quoy ne peut-il iamais dans sa triste langueur
Pour appaiser sa soif boire cette liqueur,
Et t'abreuuant de fiel par l'excés de tes flammes
En peux-tu conseruer pour quelqu'vne des ames?

Similis factus sum pelicano. Quoy ce saint Pelican d'vn amoureux dessein
Pour nourrir ses enfans se déchirant le sein,
Aprés auoir monstré les tendresses d'vn pere
Dans ce puissant effort que l'amour luy fait faire,
Abandonneroit-il ses enfans bien-aimez,
Les lairroit-il languir & mourir affamez,
Et refuseroit-il la grace & le remede
Ayant l'appareil prest au mal qui nous possede?

Prenons icy le iour de l'Astre lumineux
Dont tout sçauant emprunte & l'éclat & les feux,
Et qui par vn effet de grace singuliere
Brille pompeusement de toute leur lumiere :
Enfin du diuin Paul dont la celebre voix
Nous apprend que pour tous I E S V S meurt sur la Croix,

En la 2. aux Co-rint. chap. 5. Si vnus pro omni-bus mortuus est: ergo omnes mor-tui sunt. Que cette sainte mort anime, & viuifie,
Tout ce qui par Adam fut priué de la vie,
Et que ceux qu'il corrompt par son poison fatal
Ont au sang de I E S V S l'antidote à leur mal,
Donc tous ne sont point morts du coup du premier pere,
Ou tous peuuent sortir du fond de leur misere.

En vain Caluin voudroit par ses subtilitez
Couurir aux foibles yeux les saintes veritez.
Ces estoiles des Cieux qui regnent dessus l'ombre
Pour conduire nos pas durant vne nuit sombre,
Ne perdent point leur iour dessous l'obscurité,
Et conseruent tousiours leur solide beauté.
Ce n'est pas cet éclair qu'enfantent les tempestes
Pour presager la foudre & menacer nos testes :
Comme il n'est que l'effet & l'ouurage du temps,
Son éclat naist & meurt aprés quelques instans.
Mais ces astres placez dans le Ciel de l'Eglise,
Qui veut nous éclairer par leur noble entremise,
Comme enfans du Tres-haut & produits par sa voix
Subsistent tout autant que le Maistre des Roys.
Ainsi que toute chose ou s'altere ou se passe,
Que la terre deuienne vne sterile glace,
Que le Roy des saisons ne les distingue plus,
Et que la mer changeant n'ait ny flus ny reflus :
La parole de Dieu tousiours ferme & constante,
Par delà tous les temps se verra permanente.
Mais ces discours subtils enfans du sens humain
N'ont comme les éclairs qu'vn éclat foible & vain,
Et par cette lueur en vain l'Enfer essaye
De faire dans nos yeux vne secrete playe ;
En vain dedans ces temps il vomit vn poison
Par qui Caluin pretend troubler nostre raison,
Soustenant, que si Paul dit que tous ont la vie,
Il entend tout esleu que sa Croix viuifie ;
Et le Concile Saint par vn sublime vol
S'éleuant pour sonder le sens du diuin Paul,

Le Concile de Trente sess. 6. chap. 3.

M iij

Etfi Chriftus pro omnibus mortuus fit, non omnes ta- men beneficium mortis eius reci- piunt.
La Bulle d'In- nocent X.
Quintâ : Semipe- lagianum eft di- cere Chriftum pro omnibus omnino hominibus mor- tuũ effe, falfam, te- merariam, fcanda- lofam. & intellectâ eo fenfu vt Chri- ftus pro falute duntaxat præde- ftinatorum mor- tuus fit, impiam blafphemam, con- tumeliofam, diui- næ pietati derogã- tem & hæreticam declaramus, & vti talem damnamus.

Dit qu'il entẽd que Dieu meurt en Croix pour chaq; hõme,
Qu'il purge tout mortel du venin de la pomme :
Si fon cœur eft ouuert pour nous enfermer tous ,
Nul ne doit redouter le fuprême courroux ,
S'il ne fort de l'afile où iamais aucun foudre
N'auroit pû le fraper & le reduire en poudre.
Que fi le negligent ne veut pas effayer
A fe lauer du fang qui peut le nettoyer ;
Bien que IESVS mourant merite à tous la grace,
Sa mort n'a pas toufiours vn merite efficace,
Et bien qu'il offre à tous, & fa vie & fon cœur,
Plufieurs refuferont le prix de ce vainqueur.
  C'eft pourquoy de mon Saint la doctrine folide
Apprend que des damnez l'ame eft lafche & perfide,
D'auoir tant méprifé la grace du Sauueur,
Qui leur offroit à tous fon aide & fa faueur,
Que mefme de Iudas l'ame fut racheptée ;
Mais de ce cœur maudit là grace rebutée,
Il perit malheureux pour refufer fa foy
Aux diuines bontez de fon fouuerain Roy,
Qui deffus tous étend fa bonté fouueraine ,
Sauuant tous les captifs qui font de fon domaine ;
Or tous les fils d'Adam, en vertu de fa mort
Luy font donnez du Pere, & font de fon reffort.
Et mon Docteur pourfuit d'vn ftile magnifique ,
Reprochant vn larcin au fuperbe heretique ,
Qui dérobe à IESVS le plus beau de fes droits,
Difant que les Efleus ont feuls part à fa Croix,
Qu'il n'eft pas le Sauueur de toute creature,
Que fon Pere à fes dons a mis vne mefure,

Et que tous les mortels ne luy font pas foûmis.
Mais le grand Augustin défait ces ennemis,
Lors qu'il fait voir au iour de fa clarté feconde
Que le Pere à fon Fils a donné tout le monde,
Que par tout l'Vniuers l'homme naift fon captif,
Que tous fentent les feux d'vn amour exceffif,
Et que dans le tranfport de fa flamme celefte,
I E S V S rompt fur la Croix la cedule funefte,
Qui nous engageoit tous aux braziers eternels,
S'il n'en euft effacé le nom des criminels.

A cet effet pour tous s'il s'eft offert au Pere,
Il a donc obtenu la grace neceffaire
Pour fauuer tout le monde, & iufques aux enfans
Defirant de les voir heureux & triomphans,
Il prepare pour eux vn remede fublime.
Mais quoy ces languiffans du creux fond de l'abyfme,
Ne s'en pouuant feruir dans ce malheureux point,
Des dons du Souuerain ne profiteront point:
Car fi leur Createur leur offre leur mefure,
C'eft fans vouloir troubler l'ordre de la nature:
Il prepare leur grace, il veut leur heureux fort;
Mais non pas iufqu'au point de defarmer la mort,
D'vn decret abfolu retenant fa puiffance,
Interrompre fon cours, pour leur donner naiffance.

Ainfi quoy que leur Dieu leur prepare vn Palais,
Ces pauures malheureux ne le verront iamais.

Que fi le Souuerain par faueur fpeciale
Exempte quelque enfant de la loy generale;
Si les euenemens font fi bien difpofez,
Que de la celefte eau leurs fronts foient arrofez,

*S. Auguft. an
liure 2 de l'œu-
ure imparfait
nombre 174.*
Hinc te exue fi po-
tes, quòd vnus pro
omnibus mortuus
eft, & aude dicere
non omnes effe
mortuos, pro qui-
bus Chriftus mor-
tuus eft, cùm fta-
tim Apoftolus tibi
fauces premat, &
opprimat audacif-
fimâ vocem, quid
fequeretur often-
dens & dicens:er-
go omnes mortui
fûnt, noli fic lau-
dare Apoftolum,
noli fic efponere,
vt nolis audire fi
vnus pro omnibus
mortuus eft: ergo
omnes mortui fût.
In omnes homines
qui mortui fûnt,
mors cum peccato
pertranfiit per il-
lum, in quo omnes
moriuntur, ipfi fût
& paruuli, quia pro
ipfis Chriftus mor-

tuus eſt', qui pro-
pterea pro omni-
bus mortuus eſt,
quia omnes mor-
tui ſunt.
S. Proſper liure
2. de la Vocation
des Gentils chap.
23.
Non irreligioſè
arbitror credi
quòd iſti paucorū
dierum homines
ad illam pertineāt
gratiæ partem, quæ
vniuerſis eſt impē-
ſa nationibus,
qua vtique ſi benè
vterentur eorum
parentes, etiam ip-
ſi per eoſdem iu-
uarentur.
S. Proſper au li-
ure 2. de la Vo-
cation des Gen-
tils chap. 16.
Nulla ratio dubi-
tandi eſt, Ieſum
Chriſtum pro im-
piis mortuus, à
quorum numero ſi
aliquis liber inuen-
tus eſt, non eſt pro
omnibus mortuus
Chriſtus, ſed pror-
ſus pro omnibus
mortuus eſt.
Le Concile de
Sens decret 15.
cy-deſſus cité
page 55.
Le Concile de
Mayence & ce-
luy de Cologne
partie 7. ch. 32.
Quamquam ne-
mo conuertatur
ad Dominum, niſi
tractus per Patré,

Adorant du grand Dieu le ſecret ineffable,
Nous pouuons dire encor, que s'il voit vn coupable
Deuoir eſtre damné meſuſant de ſon iour,
L'abandonnant au Limbe il fait vn trait d'amour.

Si dans vn autre choix par ſa lumiere écloſe
Il veut ſur le buiſſon faire fleurir la roſe,
Et retirant l'enfant de l'infidelité
L'épanoüir au iour de ſa viue clarté :
C'eſt vn coup abſolu du grand Roy des Monarques,
Quand d'vn pouuoir ſuprême il veut donner des marques.

Que s'ils arriuent tous à l'âge de raiſon,
Pour diſſiper d'Adam le malheureux poiſon,
Non ſeulement pour eux la grace eſt preparée ;
Mais le Ciel donne à tous ſa lumiere ſacrée.
Le Chreſtien, & le Iuif, le More, & le Payen
Ont tous vn mouuement qui les conduit au bien,
Ou du moins dans la nuit qui ſille leur paupiere
A demander le iour à la ſplendeur premiere ;
Car dedans tous les lieux de ce vaſte ſeiour
Cet aſtre de bon-heur fait ſon illuſtre tour,
Et ſon diuin rayon pour allumer nos flammes
Ne deſiſte iamais de pourſuiure nos ames.

Le Concile de Sens écrit qu'il nous preuient,
Nous éclaire, nous meut, nous preſſe, nous ſouſtient,
Et les Prelats du Nord dans vne autre aſſemblée
Diſent que cet éclat dont toute ame eſt comblée,
Eſt le chaiſnon brillant dont noſtre Dieu ſe ſert,
Pour éleuer nos cœurs de cet ingrat deſert ;
Que refuſant ce trait nul homme n'a d'excuſe,
Et s'il croit en auoir, qu'il ſe trompe & s'abuſe.

C'eſt

C'eſt le ſens de ſaint Paul qui dit que tout pecheur
Se rend inexcuſable auprés de ſon auteur,
Pouuant connoiſtre vn Dieu, lequel ſe manifeſte
Au profond de ſon cœur par ſa touche celeſte;
Mais loin d'ouurir ſon œil à cette verité,
Le Payen la retient ſous la captiuité.
Si les Gentils ſuiuoient la raiſon naturelle,
Et qu'au premier ſecours leur ame fuſt fidelle:
Saint Thomas nous apprend que le ſupréme Roy
Leur feroit enſeigner ſa doctrine & ſa loy;
Car il ne manque point de combler nos richeſſes
Lors que l'on fait profit des premieres largeſſes.

 Tous les graues Auteurs contre le fier Caluin
Des Conciles ſacrez ſuiuent le ſens diuin,
Et ſaint Thomas ſoûtient que la Bonté ſupréme
N'abandonne point l'homme en ſon beſoin extréme,
Qu'il ne ſoit endurcy par l'excés de l'orgueil,
Quand refuſant la vie, il s'enferme au cercueil;
Alors pour le punir d'vne extréme malice,
Dieu retirant ſa main, l'abandonne à ſon vice.

 Preſeruez-moy, grand Dieu, de cet horrible mal,
Ne me laiſſez pas cheoir en l'abyſme fatal,
De qui le noir venin peut eſteindre la flamme,
Qui vous preſſe d'offrir le ſalut à mon ame.

 Mais l'amour du tres-haut dans ſon immenſité
Se peut-il meſurer par noſtre iniquité?
Et le pecheur peut-il tarir par quelque crime,
De la bonté de Dieu l'inconceuable abyſme?
Non l'homme ne ſçauroit dans ce mortel ſeiour
Tarir les pures eaux de ce fleuue d'amour:

nemoſic excuſatio-
nem præbeat quòd
nõ trahatur, quòd
ille ſemper ſtet ad
oſtium pulſans ni-
mirum, per inter-
num & externum
verbum commo-
nens, vt conuer-
tamur à via noſtra
peſſima.
En la I. *aux Ro-*
mains chap. I.
Deus enim ipſis
manifeſtauit, in-
uiſibilia enim ip-
ſius per ea quæ fa-
cta ſunt intellecta
conſpiciuntur,
ſempiterna quo-
que eius virtus &
diuinitas, ita vt
ſint inexcuſabiles.

Sur le 4 *des ſen-*
*tences diſt.*20. *q.*
I. *art.* I.
Quamdiu manet
vſus liberi arbitrij
in hac vita, in qua
nondum confir-
matum eſt ad ma-
lum, poteſt ſe præ-
parare ad gratiam
de peccatis dolen-
do.

          N

S'il retire de luy la lumiere & la vie,
C'eſt alors qu'il preuoit que cette ame endurcie,
Bien loin de receuoir ce ſecours amoureux
Augmenteroit ſon mal abuſant de ſes feux.

Comment ſortiroit-il de la celeſte bouche
Ce mot qui peut toucher l'homme le plus farouche,
Lors que mon Sauueur dit que le cœur affligé,
Qui du poids de l'Enfer eſt durement chargé,
Recoure à ſa bonté, que d'vne main propice
Il nous deliurera du fardeau de ce vice;
Si la grace qui luit comme vn aſtre de paix,
Receuë au cœur des bons ne s'offroit aux mauuais.
Autrefois du Sauueur les yeux remplis de charmes
Deſſus Ieruſalem verſant beaucoup de larmes,
Percé de mille traits d'amour & de douleur
Il regrette ſa perte & predit ſon malheur,
De n'auoir pas connu le temps de ſa viſite,
Par l'orgueil qui l'aueugle & qui la precipite.
Dans ce ſiecle, grand Dieu, ſi parmy tes grandeurs
Il te reſte vn moyen de répandre des pleurs,
Fais couler deſſus nous ces perles ſans ſecondes,
Dont la moindre ſuffit pour ſauuer mille mondes.
Les mortels aueuglez ne reconnoiſſent pas
Les viſites d'amour que tu fais icy bas :
Ils veulent ignorer les ſecours fauorables,
Que ta bonté preſente à tous les miſerables,
Et diſent que ton cœur de flammes conſumé,
Pour la pluſpart du monde inſenſible & fermé,
N'accorde pas à tous dedans leur infortune,
L'agreable preſent d'vne grace commune,

En S. Mathieu
chap. 11.
Venite ad me om-
nes qui laboratis,
& onerati eſtis, &
ego reficiam vos.

Et qu'il nous faut perir dans ces tristes détours,
Sans guides, sans clartez, sans force *et* sans secours.

Contre ce sens peruers i'apprends par vn ^a Concile,
Que de l'homme pecheur la plainte est inutile,
Puisqu'il ne tombe pas à faute de soûtien,
Qu'il n'est pas en disette à cause qu'il n'a rien :
Mais pour ne vouloir pas les presens de son maistre,
Et pouuant estre bon, qu'il ne le veut pas estre.

Enfin, si la rosée est vn bien abondant,
D'autant plus que du iour le Soleil est ardent,
Combien la Grace sainte admirable rosée,
Doit-elle estre abondante en cette heure embrasée,
Que IESVS le Soleil qui seul fait nostre iour,
Sur le mont de la Croix s'est consumé d'amour.

Mais l'eau qui de ce lieu tombe sur tout le monde
En s'écoulant par tout, par tout n'est pas feconde,
Coulant sur les rochers, elle entre dans les champs
Preparez à ce bien par les coultre trenchans,
Le cristal est formé de sa goute écoulée,
Et la perle pompeuse en sa concque salée,

Ainsi la Grace sainte en vn mesme proiet
Agit selon qu'elle est en different suiet.

Le docte ^b saint Prosper dit d'vn ton plein de zele,
Que sa douce liqueur tombe sur l'infidelle
Qui le meut à prier, mais que de ce dur cœur
On voit souuent couler la celeste liqueur.
Son grand effet s'opere en l'ame aneantie,
Elle a des dons du Ciel la meilleure partie,
Et le pecheur pleurant le crime qu'il a fait,
Comme vne rude concque en son sein imparfait,

N ij

a Le Concile de Valence cité cy-dessus.
b S. Prosper au liure 2. de la Vocation des Gentils chap. 4.
Sicut ista gratiæ largitas, quæ in omnes nouissimè effluxit, non euacuat eam quæ super vnum Israël sub lege rorauit, nec præsentes diuitiæ fidem præteritæ abrogant parcitati, ita nec de illa cura Dei quæ Patriarcharū filiis propriè presidebat, coniiciendum est gubernacula diuinæ misericordiæ cæteris hominibus fuisse subtracta : qui quidem in comparatione electorum videntur abiecti, sed nunquam manifestis occultisque beneficiis abdicati.
Au chap. 10. Manifestarunt diuinorum, eloquiorum multæ autoritates, & continua sæculorum experimenta docuerunt iustam Dei misericordiam, misericordémque iustitiam, nec alendis vnquam corporibus hominum, nec docendis iuuādisque eorum mentibus defuisse.

Chap. 15.
Adhibita est sem-
per vniuersis ho-
minibus quædam
supernæ mensura
doctrinæ, quæ &
si parcioris & oc-
cultioris gratiæ
fuit, sufficit tamen
quibusdam ad re-
medium, omnibus
ad testimonium.
Chap. 17.
Gentibus, quibus
nondum gratia
saluatoris illuxit,
tamen illa mensu-
ra generalis auxi-
lij, quæ desuper
omnibus semper
hominibus est præ-
stita, non negatur.

Explication de
quelques diffi-
cultez sur ce su-
iet.
1. Difficulté.
Aux Actes
chap. 1.
Solution.

Receuant sa liqueur l'astre de nostre vie
Y produit des vertus la riche pierrerie.

Quelquefois par vn coup qui passe le commun
Où Dieu de ses faueurs ne veut priuer pas vn;
Ce doux écoulement, deuenant plus rapide
Triomphe des rochers, & sur ce fonds aride,
Il fait vn champ fertile où les fruits & les fleurs
Estallent leurs beautez, & poussent leurs odeurs.

Ainsi d'vn rendurcy cette inuincible grace
Sçait penetrer le cœur, en sçait fondre la glace,
Et Paul dans sa fureur ne trouue point de traits
Qui ne cedent soudain à ces puissans attraits :
Que si comme vn aisné l'Eternel l'aduantage,
Sa grace toutefois à chacun se partage.

Mais Dieu fait-il par tout couler ces saintes eaux ?
Si dans certains païs il coupe leurs ruisseaux,
Lors qu'il defend à Paul de prescher en Asie,
Et d'annoncer son nom à ceux de Bithynie.

Il est vray que de Dieu le profond iugement
Pour punir & l'orgueil, & l'endurcissement
Refuse à ces païs la grace Euangelique,
Cette insigne faueur, ce thresor magnifique;
Toutefois les priuant de ce parfait secours
Il ne retire pas tout à fait son concours,
Il les excite encor à prier sa clemence,
Et preparer leur cœur à l'entiere indulgence.

2. Difficulté.
Au liure de la
Predestination
des Saints ch. 2.

Mais si la sainte Foy n'est pas donnée à tous,
Si ce bien merueilleux ne peut naistre de nous,
Et si saint Augustin dit qu'elle est la racine
De qui la Pieté tire son origine,

Sans qui nul ne sçauroit dans ces sauuages lieux
Faire éclorre des fleurs dignes de l'œil des Cieux ;
Que peut faire vn Payen dans sa demeure sombre
Si ce iour ne vient point à dissiper son ombre ?

Il est vray que la foy qui rend membre d'vn corps Solution.
Dont I E S V S est le Chef, la gloire, & les thresors,
N'est pas vn de ces biens que donne à tout le monde,
De l'Estre souuerain la bonté sans seconde ;
Neantmoins tout mortel en ce terrestre lieu
Est éclairé du Ciel pour connoistre son Dieu,
Chacun se sent poussé dans sa misère extréme
D'adresser sa clameur à cet Estre supréme :
Ce secours, cette foy dans le pauure Payen
Est origine, source, & cause de son bien.

Que cruel est le coup qui blesse la nature, 3. Difficulté.
Dés qu'Adam du tres-haut effaça la peinture !
Iustice de mon Dieu, souueraine equité,
Tu sçais si bien punir nostre fragilité,
Qu'enfin non seulement la foy parfaite & sainte
N'est pas donnée à tous dans cette vaste enceinte :
Mais mesme de la foy l'heureux commencement,
Cette aube qui promet l'éclat d'vn iour charmant,
Durant l'obscurité de nostre nuit funeste,
N'offre pas à chacun sa lumiere celeste,
Et ce noble crayon dans ce triste seiour
N'ébauche pas sur tous la peinture du iour.

Nous disons que la Foy par laquelle on commence, Solution.
A croire d'vn Dieu mort sa supréme puissance,
N'est pas de ces thresors que cet Astre eternel
Produit dedans le sein de chaque criminel,

Mais cette foy, par qui croyant à sa lumiere,
On suit la motion qui porte à la priere,
Est accordée à tous, & tous ont le pouuoir
De suiure le rayon qui vient les émouuoir.
Ce Soleil ne luit pas sur les seules montagnes,
Et lors qu'il embellit la face des campagnes
Des plus sombres vallons il perce la noirceur,
Et des plus obstinez Dieu visite le cœur,
De sa sainte clarté toute ame il fauorise,
Sans renfermer ses dons seulement dans l'Eglise :
Et quoy que les Chrestiens reçoiuent plus de bien,
Sa liberalité passe encore au Payen ;
Car s'il n'ordonne rien qui nous soit impossible,
Il secourt au besoin par vn bras inuisible,
Et sa fidelité qui pese nos trauaux,
Egale en son secours, ou surmonte nos maux.

Et comme nous voyons que la docte Nature
En reglant tous les temps sur la iuste mesure,
Au point que le Soleil par ses rayons dorez,
Rend Flore sans vigueur, & les champs alterez,
Enfle dedans les airs le noir sein de la nuë,
Qui répand sur la terre vne pluye impreueuë,
Et d'vn iour trop ardent moderant les chaleurs,
Rend la vie aux moissons, & le lustre à nos fleurs :
Bien mieux le Souuerain de qui la sapience
Regle tout l'Vniuers sur sa iuste balance,
Le Dieu de la Nature, & le maistre des Cieux,
Qui voit tout par son Verbe en son sein pretieux,
Mesure à nos besoins le doux trait de sa grace,
Donne le feu qu'il faut pour fondre nostre glace,

Et son œil ne peut voir la langueur des humains
Sans offrir le secours de ses puissantes mains.
Nostre fragilité, nostre extréme indigence
Attire ses bien-faits en touchant sa clemence,
Et ce Prince veillant dessus tous ses suiets,
Faisant pour leur salut de differents proiets,
Leur fournit à chacun de la force & des armes,
Pour ne point succomber au milieu des allarmes,
Et sortir en vainqueur des plus rudes combats,
Que le monde & l'Enfer nous liurent icy bas.

   Mais si le Souuerain sans preuoir nul merite   4. Difficulté.
Predestine vn chacun au gré de sa conduite,
Ou ce Dieu liberal par son diuin concours
N'offre pas à chacun le suffisant secours,
Ou quelqu'vn s'en seruant, de cet Estre ineffable
Pourroit faire changer le decret immuable.

   Faut-il sonder la mer qui se trouue sans fond?   Solution.
Predestination! dont l'abysme profond
Me fait paslir d'effroy, comment en cet ouurage
Par vn pinceau tremblant feray-ie ton image?

   Il est vray que de Dieu la supréme Bonté
Nous prepare vn present sans l'auoir merité,
Et que nous preuenant par la grace premiere,
Lors qu'il veut dessus tous répandre sa lumiere,
Autant qu'il est en luy tous sont predestinez,
A la faueur des dons qui leur sont destinez;
Mais lors qu'à quelques-vns il prepare la gloire,
Il prepare vn triomphe à la seule victoire,
Et selon qu'ils auront vsé de son amour
Ils seront couronnez dans l'eternel seiour.

Donc du premier desin Dieu predestine l'ame
Sans preuoir ses vertus, luy preparant sa flamme:
Mais pour le dernier seau qui scelle ses decrets,
Selon nos actions il donne ses arrests,
Et celuy qui se sert de l'aide suffisante
Ne fera point changer sa volonté constante,
N'estant predestiné dans le dernier ressort,
Que selon qu'il en vse en se faisant effort.
Apprenez nous, grand Paul, par vostre experience
Comme il faut sur nos sens vser de violence,
Comme il faut trauailler pour le bien du salut,
N'auoir dans ses desseins que Dieu seul pour son but,
Se détacher de tout, rompre ce qui nous lie,
Pour pouuoir asseurer l'arrest de nostre vie.
Ce conseil que par vous le Ciel veut nous donner,
Montre que l'Eternel pour nous predestiner
Pese nos actions, considere l'vsage,
Et le fruit des faueurs dont il nous auantage,
Et selon qu'on se sert de ces dons pretieux,
Il pare de lauriers le front victorieux.
  S'il montre quelque choix dans vne ame d'élite,
S'il se plaist à combler sa grace & son merite,
Si son diuin Esprit regle ses mouuemens,
Si l'amour regne en paix sur tous ses sentimens,
Si dans ce pur cristal la verité premiere
Aime à voir les splendeurs que produit sa lumiere,
Et montrer ce que peut la liberalité
D'vn Dieu dont le pouuoir égale la bonté,
Nous deuons adorer la volonté du Maistre:
Son amour dessus nous se fait assez paroistre:

En l'Epist. 1. aux Corinth. chap. 9.
Ego igitur sic curro, non quasi in incertum: sic pugno non quasi aërem verberans: sed castigo corpus meum, & in seruitutem redigo; ne fortè cùm aliis prædicauerim, ipse reprobus efficiar.
En la 2. Epist. de S. Pierre, ch. 1.
Quapropter fratres magis satagite, vt per bona opera certam vestram vocationem & electionem faciatis.

Il

Il nous suffit que tous reçoiuent de ses dons
Autant qu'il leur en faut pour pouuoir estre bons.

   Qu'importe-t-il aux fleurs de la ieune prairie,
Qu'vn fleuue impetueux entretienne leur vie,
Ou qu'vn petit ruisseau flâtant ses bords charmans,
Nourrisse leurs beautez par ses épanchemens;
Que l'eau tombant du Ciel par vn canal illustre,
Conserue des iardins l'abondance & le lustre,
Ou que d'vn arrosoir coulant à longs replis
Elle rende la grace & la vigueur aux lis,
Si par l'vn des moyens la terre estant feconde,
Montre ses raretez au brillant œil du monde.
De mesme si chacun vse de son secours,
Qu'importe que la grace ait vn different cours,
Soit qu'à façon d'vn fleuue elle inonde nostre ame
D'vn deluge sacré de lumiere & de flamme,
Ou que comme vn ruisseau d'vn cours lent & moins doux
Elle arrose le cœur, & s'epanche sur nous,
Puisque si l'homme veut elle entretient sa vie
Malgré tous les efforts d'vne main ennemie.

   Il est vray que celuy qui naist assez heureux
Pour se voir emporté par ce torrent de feux,
Se rend plus aisément à l'eternel empire
Sur l'aisle de l'amour qui le meut & l'attire.

   Le Iardinier sans soin voit éclorre les fleurs,
Lors que l'aube leur fait vn present de ses pleurs,
Ou qu'ils sont arrosez d'vne fertile pluye,
Que sur leur teint brillant l'astre du iour essuye:
Mais si l'air embrasé sous son rayon pompeux
Desseche les vapeurs par l'ardeur de ses feux,

O

Il faut qu'il tire l'eau, qu'il trauaille & qu'il fuë,
Pour arroser la terre au defaut de la nuë :
Durant ce long trauail s'il est vn peu ialoux
De celuy qu'il voit né deſſous vn Ciel plus doux,
Il ſe conſole au point que la tulippe écloſe,
Annonce en ſes beautez le luſtre de la roſe,
Et croit que ſes trauaux ſont payez largement,
Si ces iardins fleuris ont tout leur ornement.

    Ainſi ſi pour le Ciel on ſe fait violence,
Aprés quelques efforts, aprés quelque ſouffrance,
L'homme voyant fleurir dans l'eternel Printemps,
Ses fleurs dont la beauté ſçait triompher du temps,
Oubliant ſon trauail & ſa peine paſſée,
Il la tiendra trop douce & trop recompensée,
Et nourry de plaiſir de lumiere & d'amour
Il benira ſans fin le Dieu qui fait ſon iour,
Qui par les prompts ſecours que ſans ceſſe il nous donne,
Offre à chacun la paix, la grace, & la couronne,
Et qui mieux que cet œil qui brille dans les Cieux
Eclaire tout mortel d'vn rayon precieux.

    Mais lors que ie m'efforce auec vn trait de flame,
De peindre tes bontez ſur la toile de l'ame,
I'entends que ta iuſtice, ô Monarque des Cieux !
Durcit le cœur des Iuifs, & leur voile les yeux.

    Nous ſçauons bien Seigneur que cette dure glace
N'eſt l'œuure de ta main qu'en retirant ta grace,
Et que l'eclat diuin d'vn brillant infini,
Des broüillars d'icy bas ne peut eſtre terny.

    Mais dans ce triſte eſtat où s'eclipſe leur gloire,
S'ils ne peuuent aimer & s'ils ne peuuent croire,

En ſaint Iean
chap. 1.
Illuminat om-
nem hominem.

5. Difficulté.

Solution.

Inſtance ou 6.
difficulté.

Où peut.- on établir ce secours suffisant ?
Que deuient ton merite ? où se perd ton present ?
I E S V S, *si des torrens de ton sang adorable*
On refuse vne goutte à ce Iuif miserable.

 Non, si Dieu de leur cœur retire sa clarté   Solution.
Dedans l'affreuse nuit de leur obscurité ,
Tous les astres du Ciel n'ont pas voilé leurs faces,
Et iamais sa bonté ne comble nos disgraces.
Ils ne peuuent bien croire , ils ne sçauroient aimer,
Mais dedans ce malheur, & tout prés d'abysmer,
Il leur reste en thresor le bien de la priere ,
Dont l'art sçait détourner la foudre meurtriere,
Lors que mille sanglots exprimans la douleur,
Le Ciel voit accorder l'œil, la voix, & le cœur;
Car si quelqu'vn pleuroit comme fit ce coupable,
Le grand Antiochus , ce fameux miserable,
Pour n'estre pas priué des plaisirs de ce temps,
Sans faire aux yeux du Ciel des actes penitens,
Ne voulant appaiser la colere supréme ,
Que pour crainte du mal , & s'aimer trop soy-mesme,
Ses pleurs sans nul effet se verront répandus ,
Et du foudre du Ciel ses desseins confondus :
Car iamais au grand Dieu l'on n'arrache les armes ,
Si le motif n'est bon qui fait couler nos larmes,
Lors vn souspir suffit , il n'est point de peché,
Il n'est point de venin dont l'homme soit taché ,
De qui le sang d'vn Dieu dans sa course charmante
Ne puisse nettoyer vne ame penitente.

 Heureux souffle d'amour ! qui comme les Zephirs
Hastent le cours des eaux par leurs diuers souspirs,

Ainſi ceux du pecheur font approcher cette onde,
Où ſe pourroient noyer tous les crimes du monde.
C'eſt vn trait tout-puiſſant qui touſiours eſt vainqueur,
Quand les mains de l'amour le décochent du cœur,
Et de ce grand Archer la puiſſance ſupréme
Tenant tout ſous ſes loix triomphe de Dieu meſme.

　　Mais ſuiuant les longs tours de ces diuins ruiſſeaux,
Qui par tout l'Vniuers verſent leurs belles eaux,
Qui tantoſt ſur les fleurs, tantoſt ſur les eſpines,
Tantoſt ſur des cailloux font leurs courſes diuines.

　　Enfin nous arriuons à l'abyſme profond,
Dont nos foibles eſprits ne peuuent voir le fond,
Où l'on trouue vn brillant dont le Soleil s'efface,
Cette perle ſans prix de la Grace efficace,
Les delices de Dieu, le plus doux de ſa voix,
L'honneur de ſon triomphe, & l'ame de ſes loix.

CHAPITRE VIII.

De la Grace efficace.

EN ſon acte premier auant qu'on y conſente
　　Nous luy donnons le nom de grace preuenante;
Et puiſſante de ſoy pour porter ſon effet.
Dés le premier inſtant c'eſt vn ſecours parfait:
Ce Soleil couronné d'vne viue lumiere,
Porte dés en naiſſant ſa ſplendeur toute entiere,
Bien qu'il n'ait pas encor par ſes viues chaleurs
Fait naiſtre en ſon midy, ny les fruits, ny les fleurs:
Ce n'eſt pas cet attrait de la Grace diuine

A qui l'ame de l'homme ou refifte , ou s'incline ,
Qu'il peut ou refufer , ou prendre librement ,
Et qu'il rend efficace en fon confentement.
Mais c'eft vne autre Grace encore plus fublime ,
Qui dés qu'elle paroift chaffe la nuit du crime ,
Et qui non feulement peut fléchir noftre cœur ,
Mais dont toufiours fon trait demeure le vainqueur ,
C'eft d'elle dont mon Saint peint fi bien la puiffance
Pour fçauoir en iuger par fon experience.

    Il dit que ce rayon en beauté fans pareil
Ne fort iamais en vain du fupréme Soleil ;
Qu'en celuy qu'il atteint de fes traits agreables ,
Il imprime vn éclat des fplendeurs ineffables ,
Et l'amour refpirant par ce fouffle diuin
Le reioint à fon centre , & le porte à fa fin.
Mais voyons de quel art fa beauté nous attire ,
Qui fans nous captiuer eftablit fon empire ,
Comme elle determine en forte le vouloir ,
Que noftre libre arbitre a toufiours fon pouuoir.

    Les Thomiftes en font cette rare merueille
Produite d'vn rayon de beauté fans pareille ,
Quand le Soleil en l'air d'vne viue lueur
Trace l'éclat leger de fa belle couleur ;
Ainfi du Souuerain la motion diuine
Reellement au bien le vouloir determine ,
Et ce diuin cachet , malgré la paffion ,
Sur les cœurs les plus durs fait fon impreffion.

    D'autres difent que c'eft la femonce parfaite ,
Et du diuin Amour la plus viue fagette ,
Qui lancée à propos par fon trait enflammé

S. *Aug.* au liure
de la Predeft. des
Saints chap. 8.
Hæc gratia quæ
humanis cordibus
diuina largitate
tribuitur, à nullo
duro corde refpui-
tur , ideo quippe
tribuitur, vt cordis
duritia primitus
auferatur.
Et au liure de la
Cor. & de la
Grace chap. 12.
Subuentum eft in-
firmitati humanæ ,
vt diuina gratia
indeclinabiliter
& infuperabiliter
ageretur.

La predetermi-
nation phyfi-
que des Tho-
miftes.

Du cœur le plus glacé fait vn cœur allumé.

Mais pour moy ie vous nomme, ô grace bien-heureuse,
Vne douceur du Ciel toufiours victorieuse,
Dont l'attrait eft fi cher, qu'il n'eft point rebuté,
Et qu'infailliblement il meut la volonté.

Comme du clair Soleil la face eftincelante,
Attire inceffamment les yeux de fon amante,
Et cette belle fleur dont il fait fon portrait,
Suit toufiours par amour fon innocent attrait.

Ainfi le fils d'Adam cette viue peinture
Du Soleil eternel qui regle la nature,
Lors qu'il fe montre à luy dans fon luftre pompeux,
Charmé de fon éclat, & touché de fes feux,
Suit infailliblement la beauté qui l'attire,
Et tient à grand honneur d'eftre fous fon empire.

Difference de la comparaifon. *Mais ces diuers Soleils dans leur impreffion*
Ont en vn mefme effet diuerfe motion :
Celuy qui fait les ans fourniffant fa carriere,
Auec neceffité fait fuiure fa lumiere ;
Et cet Aftre eternel qui luit deuant les temps,
Attirant nos efprits par fes feux éclatans,
N'imprime pas fur nous par ce trait efficace
Vne neceffité de nous rendre à fa grace,
Ainfi moralement fans forcer le mortel,
Elle le determine au bien furnaturel,
Et qui voudra fonder le mal qui nous poffede,
Iugera bien que tel doit eftre fon remede.

L'homme feul raifonnable en fon eftat fatal
Eft feul en l'Vniuers qui ne fent pas fon mal ;
Le cerf prés de mourir pleure fon auanture,

Chaque animal se plaint des peines qu'il endure,
Et l'Aurore à nos fleurs donne mesme en naissant
Des larmes pour pleurer l'astre du iour absent,
Cependant que souuent on voit l'homme coupable
S'estimer fort heureux lors qu'il est miserable.
Donc pour le retirer du mal qu'il ne sent pas
Il le faut amorcer par de puissans appas;
Ce malade fascheux que la langueur domine,
Si ce n'est du nectar vomit la medecine;
Mais si le medecin flatte sa lascheté,
Et mesle le plaisir auec l'vtilité,
Il auale à longs traits, & malgré son caprice
Se laisse enfin guerir, & tirer de son vice.
Sans cet attrait vainqueur qui nous rend bien-heureux,
Que le bel œil du Ciel voit peu de genereux !
Qui la palme à la main, le laurier sur la teste,
Marchent droit à leur fin sans que rien les arreste,
Puisque fort rarement dans nostre lascheté
Le secours suffisant est par nous accepté :
Mais si faisans les sourds quand sa voix nous appelle,
A la grace commune on est si peu fidelle,
Combien chacun doit-il auec vn ton ardant
Demander au Sauueur le secours abondant,
Qui nous semant de fleurs le chemin de la gloire,
Nous guide auec plaisir au char de la victoire ?
   Mais ce diuin plaisir est au dessus des sens,
L'ame seule ressent ses attraits tout-puissans,
Dont elle est attirée auecque tant de charmes,
Qu'elle cede à l'amour & luy liure les armes,
Que si ce saint attrait ne se peut éuiter,

Decifion de la question par S.T. dans les queft. du mal queft. 6. du Choix.

Quidam pofuerunt quòd voluntas hominis ex neceffitate monetur ad aliquid eligendum, nec tamen ponebat quòd voluntas cogeretur, non enim omne neceffariũ eft violentum. hæc autem opinio eft hæretica: tollit enim rationem meriti & demeriti : fi enim non fit liberum aliquid in nobis, fed ex neceffitate monemur ad volendum, tollitur deliberatio, exhortatio, præceptum, punitio, laus & vituperium.
Cette queftiõ doit eftre maintenant decidée par la conftitution d'Innocent X.
Caluin au liure 2. de fon Inft. ch. 2. n. 7.
Liberi ergo arbitrij homo dicetur, non quòd liberam habeat æquè boni ac mali electionẽ, fed quia malè voluntate agit, nõ coactione, optimè id quidẽ, fed quorfum attinebat rem tantulã adeo fuperbo nomine infignire.
Seff. 6. chap. 5.
Ita vt tangente

Si l'homme à fon pouuoir ne fçauroit refifter,
S'il ne peut s'empefcher d'aimer cette lumiere,
Comment fa liberté fubfifte-t-elle entiere?
    Voyons pour éclaircir cette difficulté
Où l'on fait confifter l'humaine liberté.
Incomparable Auteur de toute creature,
De ton plus digne ouurage apprends moy la nature
Dans ce fameux miroir, où tu vois tes grandeurs,
Dans ce Verbe produit au milieu des fplendeurs,
Fais moy voir quelle eft l'ame, & ce qu'on tient contraire
A cette liberté que nous auons fi chere.
    La force, la contrainte, & la captiuité,
L'infupportable ioug de la neceffité,
Sont à la liberté des chofes opposées;
Les ames fous ces fers feroient tyrannisées,
Toute contrainte eft rude en nous oftant le choix,
Et la neceffité porte de dures loix.
C'eft pourtant de ce poids dont par vne impofture
L'heretique Caluin a chargé la nature,
Et la neceffitant, cet efprit effronté
Qui luy rauit fa gloire auec fa liberté,
D'vn mefme fouffle efteint l'éclat, & le merite,
Rend fans honte le mal, où l'on nous neceffite,
Dérobe à la vertu fon honneur, & fes droits,
Et rend de l'Euangile inutile la voix.
    Mais contre cet erreur le Concile de Trente
Dit que l'homme touché d'vne grace puiffante
Suit tellement fon trait, qu'il pourroit refifter
A ce fecours que Dieu daigne luy prefenter:
Donc de la liberté l'on eftablit l'effence

D'eftre

D'eſtre au regard de tout dedans l'indifference ;
Car ſi Dieu forme Adam, dés ſon premier réueil
Il veut l'abandonner aux mains de ſon conſeil,
Au gré de ſon voüloir luy laiſſant toute choſe
Il choiſit librement où l'eſpine ou la roſe.

Mais voyons maintenant ſi ce libre vouloir
Se peut bien accorder auec quelque pouuoir,
Si l'homme peut agir deſſous cette puiſſance,
Si ſans neceſſité ſuiuant ſon influence
Deſſous vn ioug d'amour & non d'autorité,
Il peut librement ſuiure vn trait qui l'a dompté.

Lors que ſon cœur ſe gagne, & que libre en luy-meſme
Il pourroit reſiſter à cet attrait ſupréme,
En ſuiuant les appas dont ſon cœur eſt épris
Touſiours ſa liberté ſçait conſeruer ſon prix ;
Car touſiours l'action eſt libre & volontaire,
Alors que l'homme peut ou faire ou ne pas faire,
Sans qu'vn agent externe auec neceſſité
Determine chez nous la libre volonté.

Mais ſi la liberté conſiſte en la Iuſtice,
Et ne pouuoir tomber ſous la chaiſne du vice,
Ne faut-il pas des coups de l'eternel Archer ?
Celuy qui neceſſite à ne pouuoir pecher.

Quand le merite ceſſe auecque noſtre vie,
La liberté des Saints dans leur gloire accomplie
Conſiſte à ne pouuoir offenſer la beauté,
Qu'ils aiment d'vn amour libre & neceſſité :
Que ſi l'homme icy bas a beſoin de merite,
Il faut qu'il puiſſe agir ſans qu'on le neceſſite ;

P

Deo cor hominis, neque homo ipſe nihil omnino agat inſpirationem recipiens, quippe qui & illâ abiicere poteſt. *Et au Canon 4. de la meſme ſeſſ.* Si quis dixerit liberum hominis arbitrium à Deo motu & excitatum nihil cooperari aſſentiédo Deo excitanti, atque vocanti, quo ad obtinendam iuſtificationis gratiã ſe diſponat ac præparet, neque poſſe diſſentire ſi velit, anathema ſit. *Bulle d'Innocent X.* Secundâ : interiori gratiæ in ſtatu naturæ lapſæ numquã reſiſtitur, hæreticã declaramus, & vti talem damnamus.

Obiection.

Réponſe où eſt expliquée la difference, qui eſt entre la liberté de grace, & la liberté de gloire.

La Bulle d'In-
nocent X.
Tertiâ: ad meren-
dum & demeren-
dum in ftatu natu-
ræ lapfæ non re-
quiritur in homine
libertas à neceffi-
tate , fed fufficit
libertas à coactio-
ne: hæreticam de-
claramus , & vti
falem damnamus.

Et que moralement à la faueur du Ciel
Il ne puiffe en pechant fe plonger dans le fiel :
Dans cette lice ainfi c'eft l'appas qui furmonte ;
Car pour vaincre vn cœur libre il faut qu'amour le dompte,
Et Dieu, comme l'apprend l'Angelique Docteur,
Sans renuerfer fon ordre agit fur noftre cœur :
Car il ne conuient pas à cette Prouidence
De neceffiter l'homme vfant de fa puiffance ;
Mais il doit le toucher par vne motion,
Qui puiffe s'accorder à fa condition ;
Et s'il l'a creé libre , il doit agir de forte,
S'il veut le dominer , que l'amour le tranfporte.

   De ce diuin amour que les attraits font doux !
Des traits qui bleffent Dieu qu'aimables font les coups !
Heureux celuy qui peut par la premiere grace
Se preparer le cœur à cet aide efficace !

En l'Ecclefiafte
chap. 9.
Nefcit homo v-
trum amore an
odio dignus fit.

   Mais quoy, nul ne connoift s'il poffede ce bien,
O prodige du Ciel où ie ne comprends rien !
Vn plaifir me furprend, vne grace m'emporte,
Ie brûle fans fentir la flamme que ie porte,
Ie fuis vne clarté qui s'eclipfe à mes yeux,
Ie cede, & fans voir le bras victorieux,
La mort feule à nos yeux tirant fon rideau fombre
Fait voir ces veritez au milieu de fon ombre,
Que le Dieu fouuerain nous cache par bonté,
Afin de nous tenir dedans l'humilité ;
Quelquefois neantmoins fa clemence l'incite
De montrer ce fecret à quelque ame d'élite,
Pour croiftre fon amour en deliurant fon cœur

Des assauts importuns d'vne vaine frayeur :
Et comme le Soleil chassant la nuit humide
Qui couuroit ses beautez sous son crespe liquide,
Lançant dans son Midy ses rayons éclatans,
Allume ses beaux feux qui réchauffent le temps ;
De mesme l'Eternel par sa lumiere sainte,
Chassant de nostre esprit les ombres de la crainte,
A l'éclat de son iour réueille nostre ardeur,
Et dissipant la nuit chasse aussi la froideur.

TROISIE'ME PARTIE.

Des effets de la Grace.

Inuocation.

APRES auoir tasché d'ébaucher la figure
De la Grace diuine, & décrit sa nature,
Il faut en dernier lieu parler de ses effets.
Source qui nous produis ces miracles parfaits,
A l'œil de mon esprit, Amour, rends manifeste,
Le chef-d'œuure sacré de tes flammes celestes :
Ie me presente à toy centre de la bonté
Dans l'estat abbaissé de mon infirmité,
Uiens dessus mon cahos reposer ta lumiere,
Et ne refuse pas ton iour à ma priere.
Si i'establis ma gloire à dépendre de toy,
Et si dans mon neant ie n'attends rien de moy,
Accorde à mes desirs ce rayon fauorable,
Qui dissipe d'Adam l'ignorance effroyable ;
Perce ce vieux brouillars, dissipe ces vapeurs
Qui montrent à nos yeux milles obiets trompeurs :
Et comme le Soleil dans sa belle carriere
Regardant d'vn mesme œil, & l'or & la poussiere,
Fait mieux de ses rayons voir le rare thresor,
La faisant éclater, qu'en faisant briller l'or ;
Ainsi sur mon neant si ta clarté se iouë,
Eclairant mon esprit plus vil que n'est la bouë,
Tu montreras bien mieux le pouuoir de tes feux,
Qu'éclairant ces esprits masles & vigoureux :

Ainsi sur tes bontez appuyant mon courage,
I'entreprends de traiter de ton plus bel ouurage.

CHAPITRE I.

De la Iustification du pecheur.

AVANT *que passer outre, & que verifier,*
Si remettre le crime, est nous iustifier,
Si l'eau viue du Ciel couure ou détruit le vice,
Il nous faut expliquer ce que c'est que Iustice.

 La Iustice se prend souuent pour l'action,
Que la raison conduit dans sa perfection,
Quelquefois pour les loix, ou bien pour le seruice
Que l'on rend au prochain dans la bonne police,
Qui fait traiter chacun selon sa qualité,
Et rendre à la vertu ce qu'elle a merité.

 Mais par l'homme Chrestien la Iustice s'appelle
La regle qui conduit à la vie eternelle,
Qui redresse les pas du mortel égaré,
Et qui prend en la Foy son principe asseuré:
Comme du sein des nuits nostre Aurore s'enfante,
Ainsi de nostre foy naist sa clarté brillante.
Iust ification! Eclat pur & diuin
D'vn iour sans orient, sans nuage, & sans fin,
N'es-tu pas proprement cette Iustice sainte,
Qui guerit du peché la dangereuse attainte?

 Le saint Concile aussi contre vn lasche Apostat
L'a voulu definir, vn changement d'estat,

Diuerses accep-
tions de la Iu-
stice.

Le Concile de
Trente en la
sess. 6. chap. 7. &
canon 11.

Iuſtificatio non eſt
ſola peccatorum
remiſſio, ſed & ſan-
ctificatio per volū-
tariam ſuſceptionē
gratiæ & donorum,
vnde homo ex in-
iuſto fit iuſtus, &
ex inimico amicus.

Par lequel nous ceſſons d'eſtre les enfans d'ire,
Et deuenons enfans du Dieu qui nous attire.
La Iuſtice eſt encor vn reſſort tout-puiſſant,
Qui rompt les durs liens d'vn timide innocent,
Le declarant abſous du crime que la haine
Luy vouloit impoſer pour le mettre à la geſne.

    Le perfide Caluin, dont la ſubtilité

Liure 3. de ſon
Inſt. chap. 10.
nomb. 3.
Cùm nos Chriſti
inſtitutione iuſtifi-
cet Deus, non pro-
priæ innocentiæ
approbatione, ſed
iuſtitiæ imputatio-
ne nos abſoluit, vt
pro iuſtis in Chriſto
cenſeamur qui in
nobis non ſumus.

N'eſt qu'vn éclat confus du demon emprunté,
Contre nos veritez oppoſant ſa malice,
Rend la grace vn manteau qui couure noſtre vice,
Par laquelle vn pecheur ſe repute innocent
Sans effacer le crime auec ſon trait puiſſant,
Ainſi veut-il que Dieu dont l'Eſſence eſt ſi pure,
S'vniſſe par amour à la fange, à l'ordure,
Que l'innocence en nous ſoit vne fiction
Qui cache en ſa blancheur vne corruption.

    Comme l'arc éclatant en ſa fragile pompe
Vient paroiſtre à nos yeux, les ſurprend & nous trompe,
Portant en ſoy l'éclat des plus aimables fleurs,
N'a dans ſon ornement que des fauſſes couleurs.

    Ainſi ſi du pecheur le Ciel couure l'offence
Il ne poſſede en ſoy qu'vne ombre d'innocence,
Et bien qu'il ſemble libre en traiſnant ſon lien,
Il n'a que l'apparence, & non l'effet du bien.

    Contre ce ſens peruers l'Egliſe determine

Le Concile de
Trente en la ſeſſ.
6. can. 11.
Si quis dixerit ho-
mines iuſtificari,
vel ſola imputatio-
ne iuſtitiæ Chriſti,
vel ſola peccatorū

Que le crime eſt détruit par la Grace diuine,
Que nous iuſtifiant elle imprime en nos cœurs
Vn iour qui fait du iour eclipſer les ſplendeurs,
Si l'on dit de l'amour que ſa flamme eſt ſi belle,

Qu'elle couure la tache en l'ame du fidelle,
La peut-elle cacher aux yeux de ta clarté,
Qui des secrets des cœurs sonde l'obscurité?
Si ce n'est, mon Auteur, qu'elle l'aneantisse,
Retirant le mortel d'vn affreux precipice,
Et le faisant passer de son espaisse nuit,
Aux celestes clartez que la grace produit.

   Permets, chantre sacré, Prophete incomparable,
Que ie ioigne ma Muse à ta Muse admirable,
Et que par mes souspirs, parlant de ma douleur
Je demande auec toy d'vn langage du cœur,
Au Monarque eternel qui seul connoist mon crime,
D'effacer le peché qui me pousse en l'abysme,

   Que si l'on nous compare auec ta pureté
Au plus haut point, grand Dieu! de nostre sainteté,
Nul n'est pur, nul n'est net, en ta sainte presence,
Encore que ton trait efface son offence:
Mais il faut pour auoir ce pardon pretieux,
La douce infusion de la grace des Cieux,
Qu'elle soit en mon sein, qu'elle habite en mon ame,
Pour embraser mon cœur de l'ardeur de sa flamme.

   L'ame du premier homme en son heureux seiour
Fut transpirée en luy par vn souffle d'amour;
Celui-cy bien plus fort donne à l'ame la vie,
L'éclat, & la beauté dont elle est embellie.
Mais pour porter en nous ses effets pleins d'appas,
Et nous iustifier, la Foy ne suffit pas:
Ce bel astre obscurci sous les vapeurs du vice
N'imprime point en nous l'éclat de la Iustice,

remissione exclusâ
gratia, & charitate
quæ in cordibus
eorum per Spiritum
sanctum diffunda-
tur, atque illis inhe-
reat, aut etiam gra-
tiam qua iustifica-
mur esse tantùm
fauorem Dei, ana-
thema sit.

Psal. 50.
Dele iniquitatem
meam.

Psal. 141.
Non iustificabitur
in conspectu tuo
omnis viuens.

En la premiere
aux Corinth.
chap. 13.
Et si habuero om-
nem fidem, ita vt
montes trasferam,
charitatem autem
non habuero, nihil
sum, &c.

Et ses rayons esteints sous ce nuage espais,
Ne sçauroient nous conduire au terme de la paix,
Si de la charité la clarté merueilleuse,
Ne dissipe l'obscur de nostre nuit affreuse,
Car pour rendre au mortel sa premiere beauté
La Foy n'opere en nous que par la charité.

    Le Concile nous dit que sur ses seules aisles
L'ame peut remonter aux sources eternelles,
Et que ce feu du Ciel par vn celebre effet
Aneantit le crime en son acte parfait;
Sa splendeur est contraire à sa noirceur barbare,
L'vne à Dieu nous vnit, l'autre nous en separe,
L'vne déregle l'ame, & l'autre est son niueau;
L'vne obscurcit nostre œil, l'autre est nostre flambeau;
Et par vn doux effet cette lumiere illustre
Nous rend en mesme temps & la vie & le lustre.

    Mais si la nuit ne peut se disposer au iour,
Qu'en se laissant chasser au point de son retour,
Ainsi le criminel dans l'ombre & dans la glace
Ne peut se preparer au saint iour de la Grace,
Qu'vn secours actuel, ainsi qu'vn prompt éclair,
N'annonce à ce pecheur les foudres de l'Enfer,
Et ne luy fasse voir durant sa lethargie
Ce qu'il doit à ce Dieu qui conserue sa vie,
Pour luy donner moyen qu'vn soûpir amoureux
Détourne sa vengeance, & rallume ses feux.
Lors, il peut s'abbaissant & faisant penitence,
Par crainte, par desir, par foy, par esperance,
Suiuant la motion qui le conduit au bien

                                        Obtenir

Obtenir que le Ciel détache son lien.
La forme du feu saint plus aisément s'imprime
Dans vn cœur desseché, qui pleure pour son crime;
La crainte qui voit Dieu comme vn iuge irrité
Au bruit de nos soûpirs réueille sa bonté,
Et porté dans son sein par la viue esperance,
L'homme dans ses besoins éprouue sa clemence,
S'il demande auec foy ce secours special,
Qui seul le peut tirer de son extréme mal;
Car nul ne peut sans foy plaire au souuerain Estre,
Si l'on ne peut aimer ce qu'on ne peut connoistre,
Si la Grace est en nous vne conuersion,
Que l'ame fait vers Dieu suiuant sa motion,
Il faut que le flambeau de la Foy la precede;
Du diuin medecin c'est le premier remede,
Qui purge nostre esprit de ce mortel poison,
Dont autrefois Adam infecta la raison.

En l'Epistre aux
Hebreux ch. 11.
Sine fide impossi-
bile est placere
Deo, & accedenté
ad Deum credere
oportet, &c.

Or cette sainte Foy vient tousiours de l'oreille
De l'Euangile saint écoutant la merueille,
Par la soûmission à la voix du Seigneur,
Et par l'attention de l'oreille du cœur;
C'est ainsi qu'vn Payen sous le ioug qui le lie,
Se dispose à la Foy qui luy donne la vie,
Lors que le saint Amour qu'on nomme Charité
Vnit son feu brillant à sa viue clarté;
C'est ainsi que de Dieu la bonté secourable
Epanche ses faueurs sur le plus miserable,
Et que par son esprit qui remplit l'Vniuers,
Il rompt dés qu'on le veut nos chaisnes & nos fers.

Aux Rom. ch. 10.
Fides ex auditu:
auditus autem per
verbum.

Q

Mais il faut bien vfer de la grace premiere
Pour voir croiftre fa flamme & combler fa lumiere :
Car qui nous fit fans nous d'vn fouuerain pouuoir,
Ne nous veut reformer qu'auec noftre vouloir.
Celuy de qui le doigt marque fur les riuages
Des bornes à la mer malgré tous les orages,
N'arrefte pas en nous les flots des paffions,
Si noftre volonté ne fuit fes motions :
Il preuient noftre cœur, fa grace nous appelle,
Mais il faut pour regner trauailler auec elle.

 Cette grace, par qui l'homme rendu puiffant
Peut acquerir du Ciel l'empire fleuriffant,
Comme ce fruit royal qu'enfante la Nature,
Cache en nous fes beautez fous vne écorce dure,
Et nous ne pouuons voir les aimables rayons,
Si l'Efprit eternel n'en tire les crayons.

 Ie ne veux point parler des affeurances vaines,
Par qui l'homme eft certain des grandeurs fouueraines :
C'eft vn fruit de Caluin, dont la prefomption
Sur tout ce qu'il produit fait fon impreffion.

 Mais nous tenans au fens de l'Efcriture fainte,
Noftre cœur balancé d'efperance & de crainte,

Difons auec Dauid pour eftre détachez :
Deliurez nous Seigneur de nos vices cachez,
Pardonnez la foibleffe, excufez l'ignorance ;
Car fi ma courte veuë, & mon experience
Ne me laiffent pas voir les taches de mon cœur,
Combien t'en paroift-il, fource de la fplendeur ?
Nul donc ne fe connoift, & iamais le fidele

Ne ſçait bien ſon eſtat ſi Dieu ne luy reuele.
Heureux qui peut oüir dans ce mortel ſeiour,
Que ſon crime eſt détruit par la force d'amour,
Comme I E S V S le dit à cette penitente,
Qui deuient iuſte au point qu'elle ſe rend amante.
   Mais ſi nous n'entendons la voix de Verité,
Qui parle à noſtre cœur de ce ton de bonté,
Nul homme n'eſt certain, bien que dedans ſon ame
L'eſprit parlant pour luy d'vn langage de flamme,
Le declare heritier du Souuerain des Roys;
Et bien qu'en ces douceurs l'on puiſſe quelquefois
Croire probablement qu'on poſſede la Grace,
Nul ne peut s'aſſeurer s'il ſuit la bonne trace,
Et ſi cherchant ſa fin par le ſentier eſtroit,
Il ne s'égare point croyant aller bien droit.
C'eſt ainſi que l'on voit lors que l'aube ſommeille,
Le Pelerin preſſé du deſir qui l'éueille,
Voulant durant la nuit auancer ſon retour,
Ignorer s'il ſe pert iuſqu'au leuer du iour:
Et ſi loing d'auancer ſon penible voyage,
Il ne recule point en marchant dauantage.
De meſme dedans l'ombre où nous ſommes reduits,
Nul ne ſçait ce qu'il fait durant ces ſombres nuits,
Iuſques à ce moment, qui banniſſant le doute,
Fera voir au mortel s'il s'égare en ſa route,
Quand I E S V S montrera par vn art glorieux
Les replis de ce cœur qui ſe cache à nos yeux:
Alors dans ſon miroir la Verité premiere,
Exprimant des humains l'image toute entiere,

Q ij

Aucun n'ignorera, ny ses maux, ny ses biens,
Le Roy ne craindra plus d'estre dans les liens,
L'esclaue du peché que le demon entraisne
Ne croira plus regner lors qu'il est sous la chaisne,
Et chacun connoistra s'il porte auecque luy
Cette grace que Dieu luy donna pour appuy :

CHAPITRE II.

Du Merite.

MAIS c'est assez traiter de la Grace supréme,
C'est assez regarder ce Soleil en luy-méme ;
Il est temps maintenant de considerer l'or
Qu'il forme au sein de l'homme, & quel est ce thresor,
Thresor dont il acquiert vne gloire eternelle,
Le merite sacré, ce seul bien du fidéle,
Ce prix de la vertu, ce fruit plein de saueur
Qui meurit arrosé du sang de mon Saũueur.
Caluin dans sa fureur en malice feconde
De ce riche present tasche à priuer le monde ;
Lors qu'il veut l'engager d'vn barbare pouuoir
A croire que ce nom ne se peut receuoir,
Et que rendant au Ciel vn assidu seruice,
Nous ne meritons rien de la sainte Iustice.
Contre luy nous apprend l'oracle glorieux,
Que nostre recompense est grande dans les Cieux :
Que si le seul merite a droit de recompense,
Saint Matthieu l'establit, saint Paul suit sa sentence,

Liure 3. de son Inst. chap. 15. nomb. 2.

Primum de meriti nomine id mihi præfari necesse est: quicumque primus illud operibus humanis ad Deum cõparatis aptauit, eum fidei sinceritati non consuluisse: certè enim, vt fastuosissimum nihil quàm obscurare Dei gratiam, & homines praua superbia imbuere potest.

Lors qu'il dit qu'il attend que le Dieu souuerain
Couronnera son front la balance à la main,
Et que ses actions ne seront pas frustrées
De ces palmes sans prix qu'il se tient asseurées.

    D'ailleurs Dauid remply d'vne illustre clarté,
Dit qu'il sera iugé selon son equité.

    Les Conciles sacrez suiuent tous l'Escriture,
Sans troubler son canal ils puisent son eau pure,
Et dans celuy de Trente on condamne l'erreur
De celuy qui nous veut priuer de nostre honneur :
Car ce Concile apprend que le mortel sans crime
Peut meriter du Ciel vne gloire sublime :
Et les oracles saints des siecles precedens,
Qui par leur haut sçauoir ont illustré les ans,
Enseignent qu'il est vray que la celeste Grace
Ne se peut meriter, quelque chose qu'on fasse,
Prenant son noble cours des bontez du Sauueur ;
Mais lors que nous auons cette haute faueur,
Que ce principe saint des biens de l'autre vie
Fait meriter à l'homme vne gloire infinie,
Et qu'il le fait sortir des disproportions
Du bon-heur eternel, & de nos actions,
L'amour égale tout, & la beauté qui l'aime,
Partage auecque luy l'honneur du diadéme.

    Dieu mesme estant touché de ce trait pretieux
Pour s'égaler à l'homme est descendu des Cieux,
Et par ce mesme amour polissant sa figure,
L'éleue à meriter vne gloire si pure,
Que l'homme n'en sçauroit conceuoir les plaisirs

Q iij

En la Genese
chap. 17.
Ego protector tuus
sum, & merces tua
magna nimis.
En S. Matth.
chap. 5.
Gaudete & exulta-
te, quoniam merces
vestra copiosa est
in cœlis.
En la 2. à Timot.
chap. 4.
Superest mihi co-
rona iustitiæ, quam
mihi reddet Do-
minus in illa die
iustus index.
Psal. 17.
Retribuet mihi
Dominus secundū
iustitiam meam.
Le Concile d'O-
range can. 18.
Debetur merces
bonis operibus si
fiant, sed gratia
quæ non debetur,
præcedit vt fiant.
Celuy de Trente
sess. 6. can. 32.
Si quis dixerit ho-
minis iustificati
bona opera ita esse
dona Dei, vt non
sint etiam bona ip-
sius iustificati me-
rita, anathema sit.
S. Aug. en l'E-
pistre 105.
Nulláne sunt me-
rita iustorum, sunt
plané, quia iusti
sunt, sed vt iusti
fierent merita non
fuerunt.
Au liure de la
Correction & de

Qui paſſent ſon eſprit, & ſes plus grands deſirs.
  Mais Dieu recompenſant les actions humaines
Eleue auec éclat ſes bontez ſouueraines :
Car ſi par ſon ſecours tous les iuſtes ſont bons,
Couronnant nos vertus il couronne ſes dons,
Et ſe mirant en luy refléchit ſur luy-méme ;
Comme vn rayon du iour de ſa beauté ſupréme,
Voyant en noſtre éclat ſon reialliſſement,
Il ſe delecte en nous, & s'aime en nous aimant.
  Que ſi l'homme innocent au iour de ſa victoire
Par la grace de Dieu peut meriter la gloire,
Voyons ſi c'eſt par droit, ou par don ſpecial,
S'il nous couronne en Iuge, ou comme vn liberal,
Qui donne bien-faiſant à qui luy rend ſeruice,
Sans qu'il y ſoit tenu par les loix de Iuſtice :
Car ſi ce Souuerain n'a promis le loyer,
Il n'eſt point en rigueur tenu de nous payer;
Pour meriter de droit vne gloire ſupréme,
Il faut donc que le Ciel ſe ſoit lié luy-méme,
Et qu'il nous ait promis de nous recompenſer
Si librement pour luy l'homme veut s'efforcer.
  Car ſi l'homme eſt captif ſous la chaiſne des crimes,
Bien que ſes actions nous paroiſſent ſublimes,
Comme vn arbre inutile, & qui n'a que la fleur,
Ses vertus ſont ſans fruit pour l'eternel bon-heur,
Dautant que l'homme ſerf n'entre point en partage,
Et que les ſeuls enfans ont part à l'heritage :
De ſon merite auſſi la mort finit le cours,
Le Pere des ſaiſons le borne auec ſes iours,

Ses beautez où l'amour, & la rigueur s'expriment,
Font mourir par leurs feux, ce que leurs feux animent,
Et cette ame du monde en souſtenant ſon corps
Le diſſout lentement, & laſche ſes reſſorts.
L'action du mortel doit encore eſtre ſainte ;
Il faut que ſon vouloir ſoit libre, & ſans contrainte,
Que le Ciel ſoit ſa fin, ſans auoir d'autre but
Que la gloire diuine & le bien du ſalut.
    Si pour Dieu l'homme agit auec ces circonſtances,
Se détache du ſang, recherche les ſouffrances,
S'il mépriſe l'honneur, s'il quitte ſon ſeiour,
S'il s'arrache aux plaiſirs, ſe dérobe à l'amour,
Dés ce monde le Ciel ſur ce fonds plein d'eſpines
Fera fleurir les fleurs de ſes graces diuines,
Et dans l'heureux ſciour de l'immortalité,
Il ſera couronné d'eternelle clarté ;
Non par ſimple faueur, mais tenant la balance
Le Souuerain luy doit le Ciel pour recompenſe :
Car nous ayant promis, ſa parole eſt ſa loy
Qui le tient engagé de nous garder la foy.
    Mais pouuons-nous, grand Dieu, viuans dans cet eſpace
A titre de bien-fait meriter quelque grace ?
Quelles conditions demandez vous de nous ?
Suffit-il d'eſtre libre, & preuenu de vous ?
Et n'exigez vous point vne heureuſe innocence
Pour faire voir en nous voſtre magnificence ?
Non, ce Dieu bien-faiſant pour l'homme a tant d'ardeur,
Qu'il ne veut meſme pas refuſer vn pecheur,
Lors que ſuiuant ſon trait il prie & s'humilie ;

Sans auoir rien promis sa clemence le lie,
Et d'vn diuin effet de liberalité
Il augmente ses feux, & comble sa clarté.
Que s'il sçait bien vser des graces qu'il luy donne,
Il peut en obtenir cette belle couronne,
De qui les rares fleurs pleines de mil appas
Ont beau s'épanoüir, elles ne passent pas.

Entre diuers Auteurs quelques-vns veulent croire
Que l'amour seulement merite cette gloire,
Que la possession du Dieu de la beauté
Se doit à l'acte seul de nostre charité.

Mais le commun aduis qui semble plus probable,
Est que toute vertu si l'on n'est pas coupable,
Et que la grace en nous allume ses beaux feux,
Peut meriter ce prix qui nous rend bien-heureux.

Tous fruits qui sont produits par la clarté diuine,
Qui de l'astre d'amour ont pris leur origine,
Sont dignes d'estre offerts au Prince souuerain
Qui veut bien les cueillir de sa diuine main;
C'est luy qui donne prix iusqu'au moindre seruice,
Qui cherche par amour d'engager sa iustice :
Mais ce qu'il a promis par sa pure bonté,
Aprés ce saint accord est deu par equité,
Bien que nostre trauail, bien que nostre souffrance,
Soit beaucoup au dessous de nostre recompense.

Que si IESVS en croix lia le tout-puissant
A promettre le Ciel à tout homme innocent,
Si de son cœur ouuert sort la grace diuine,
Si de l'amour la grace a pris son origine,

Si cette grace enfin en secret, & sans bruit,
Produit dedans le cœur l'amour qui la produit,
L'acte de cet amour d'vne aimable puiſſance
Portant directement à la diuine Eſſence,
Plaiſt beaucoup plus à Dieu, merite beaucoup plus
Que les actes diuers de toutes les vertus.

    Mais ce puiſſant rayon du Soleil de Iuſtice,
Qui fait éuanoüir la nuit de noſtre vice,
Ce threſor qui ſuffit pour enrichir chacun
Ne ſe peut-il iamais meriter par aucun?
Et l'homme empoiſonné dedans ſa maladie,
Souffrant touſiours d'Adam la commune incendie,
De l'eſtat languiſſant, où le reduit ſon ſort,
Pourroit-il s'éleuer, & faire vn tel effort?

    D'vn eſtre limité la puiſſance bornée,
Voit par le cours du temps entraiſner chaque année,
Sans pouuoir meriter cette faueur ſans prix,
Qui ſurpaſſe le vol des plus nobles eſprits:
Le bien ſurnaturel eſtant par ſa nature,
Au deſſus des efforts de toute creature,
Nul ne peut marcher droit ſans auoir ce guidon,
Et la premiere grace eſt purement vn don.

    Au neant abſolu ſi quelque eſtre s'accorde,
Si l'infirme eſt l'obiet de ta miſericorde,
Si la miſere ſçait émouuoir ta bonté;
C'eſt ſeulement, Seigneur, lors que ta Maieſté
Daigne ietter ſes yeux deſſus noſtre indigence:
Lors ce puiſſant regard d'vne douce influence,
Fait ſur nous des effets merueilleux & diuers,

                            R

Et selon tes desseins agit sur l'Vniuers.

   Diuin œil de mon Dieu! regle de la Nature!
Ciel dont le mouuement conduit nostre aduanture!
Arcenal glorieux, où l'Amour va s'armer,
Quand d'vn foudre puissant il veut tout consumer,
De tes celebres coups l'illustre Magdelaine,
Esprouue dans son cœur sa force souueraine,
Et d'vn pareil effet Pierre dans son peché
Est vaincu par ce trait dés qu'il en est touché.

   Fais que ie sente en moy cette douce puissance,
Sans qui ie periray dedans ma defaillance.
Si l'homme ne peut rien au poinct de sa langueur
Sans ce regard puissant qui preuient nostre cœur,
Par luy nous connoissons le mal qui nous possede,
Par luy nous sommes meus d'y chercher le remede,
Par luy nous souspirons, & par luy nos soûpirs
Obtiennent du tres-haut la fin de nos desirs,
Et iamais le regard du brillant œil du monde
N'a fait tant de merueille en cette masse ronde,
Que le diuin regard opere sur chacun;

Psal. 24.
Respice in me &
miserere mei.

Pour vnique faueur Dauid en demande vn:
Mais s'il cherche vn Soleil, pour chasser ses tenebres,
Ce n'est qu'à la faueur de ses clartez celebres,
Et suiuant son éclat cet Astre de bon-heur
A la viue lumiere adiouste la chaleur.

   Ainsi de grace en grace, en vn degré sublime,
Lors que par ses souspirs le iuste émeut l'abysme,
Des diuines bontez du Monarque sacré
En faueur du prochain il s'épanche à son gré,

Et ce Dieu liberal prés de faire largeſſe,
Bien qu'il ne ſoit lié par aucune promeſſe,
Il écoute les vœux, il fléchit à la voix,
Du ſeruiteur fidelle, & qui garde ſes loix,
Et ſemble ſi charmé de ſon obeïſſance,
Que loing d'auoir pour luy la moindre reſiſtance,
Au point d'vn doux combat par l'amour animé
Il cherche de ſe rendre à l'obiet bien-aimé.

   Moïſe permets moy, dit ce Dieu debonnaire,
De faire à ces ingrats reſſentir ma colere,
Ta volonté me lie, & ton cœur enflammé
De mon foudre vengeur a mon bras deſarmé.

En l'Exode ch.
32.
Dimitte me vt ira-
ſcatur furor meus
contra eos & de-
leam eos, &c.

   Ciel! quel eſt le pouuoir des vœux d'vne ame ſainte?
Si le Dieu ſouuerain ſe rend à leur atteinte,
Qu'il eſt doux de fléchir ſous vne autorité,
Qui reconnoiſt ſi bien noſtre fidelité.

   Que la grace a d'attraits, & la vertu de charmes,
Qu'elle merite bien qu'au milieu des allarmes,
L'homme aille la chercher dans le ſein de la Croix,
Et deſſus cet Autel s'immole au Roy des Roys.

   Mais cet Aigle éleué de ces baſſes campagnes,
Regardant le Soleil du ſommet des montagnes,
Pourroit-il meriter s'il tombe & s'ébloüit,
Vn bras qui le releue & qui chaſſe ſa nuit?

   Si la ſeule foibleſſe, ou bien quelque ignorance
Ont cauſé cette cheute, & cette defaillance,
Le Ciel ayant égard au ſeruice paſſé
Rompra pluſtoſt le ioug dont il eſt oppreſſé.

   Que ſi c'eſt du pecheur la ſuperbe malice

R ij

Qui le faſſe tomber dedans le precipice,
Il ne merite plus nulle faueur d'enhaut,
Et demeure touſiours ſoüillé de ſon defaut,
Iuſqu'à ce que ce Dieu ſous qui toute ame plie
Vienne le retirer de ſa mauuaiſe vie.

　Mais il eſt bien à craindre, alors qu'vn criminel
Par des coups redoublez attaque l'Eternel,
Que ſerrant ſes liens, accumulant ſes crimes,
Et tombant chaque iour d'abyſmes en abyſmes,
Pour punir ce mépris des graces du Sauueur
Il ne ſente iamais l'effet de ſa faueur,
Et n'ayant eu pour luy qu'vn éclat inutile,
Il abandonne enfin cette terre ſterile:
Lors ainſi qu'vn marchand dont le vaiſſeau plein d'or
De differens païs emporte le threſor,
Ayant vogué long-temps, long-temps dompté l'orage
Expoſe ſon nauïre, & d'vn coup de ſa rage
Entre mille rochers affrontant vn écueil,
Fait perir tous ſes biens ſous vn roulant cercueil,
Si dedans ce danger échappant du naufrage
Il eſt porté des flots iuſques ſur le riuage
Dépoüillé de ſes biens & reduit aux abois,
Il ne luy reſte rien que les pleurs & la voix
Pour toucher les paſſans & dans ſon deüil extréme
Chercher remede au mal qu'il s'eſt cauſé luy-meſme:
Ainſi quand le pecheur captif de ſon deſir
Dans la mer du peché s'eſt ietté par plaiſir,
De tous ſes riches biens & de leurs diuers charmes
Il ne luy reſte plus que la voix, & les larmes,

Il peut encor s'il veut durant ses tristes iours,
Et s'addresser au Ciel, & demander secours.
Et comme les plus saints couronnez d'innocence,
Ont dans l'ordre commun de la concupiscence,
Tousiours du vieil Adam le brasier malheureux,
Qui souuent presqu'esteint rallume tous ses feux :
Ainsi dans le pecheur cette aide suffisante
Qui nous meut à prier la dextre bien-faisante,
Ne s'esteint dans le cœur, qu'au moment que la mort
Tranche pour vn iamais le fil de nostre sort :
Car l'on ne void en nous passer qu'auec la vie,
Et le venin d'Adam, & le bien du Messie.
L'homme porte en son sein l'hyuer & le printemps,
La bise & le zephyre y sont en mesme temps,
Pour échauffer son cœur l'vn bat doucement l'aisle,
Et l'autre luy transpire vne glace mortelle,
L'vn par ses doux soûpirs y fait meurir les fruits,
L'autre y porte l'orage, & peint l'ombre des nuits :
Le respir eternel de l'Auteur de nostre ame ,
Veut d'vn souffle amoureux allumer nostre flamme,
Et l'Enfer insolent pousse vn vent furieux
Pour esteindre d'amour le flambeau glorieux.
Le Ciel ouuert sur nous par vn soin fauorable
Y verse tous les iours sa rosée agreable ;
Et de l'abysme affreux qui luy sert de prison,
Le demon fait sur nous couler son lent poison :
Mais malgré ses efforts, si l'homme suit la grace,
Elle allume des feux qui surmontent sa glace,
Par l'aide du Sauueur, par ses secours puissans

R iij

Il peut regler son ame, il peut dompter ses sens;
Que s'il defaut par fois, & que sa force cede,
Il peut de ses langueurs obtenir le remede.

De cet homme viuant dessous les saintes Loix,
Qui captiue ses sens sous le ioug de la Croix,
Le merueilleux cachet dont s'imprime la gloire
De nos derniers combats la derniere victoire,
Cette perseuerance, & ce bien pretieux
Qui nous est accordé par la bonté des Cieux,
Peut-il se meriter? & l'ame des fidelles
Peut-elle s'éleuant aux plaines eternelles,
Prendre au seiour heureux de sa Diuinité
La couronne sans prix de l'immortalité?
N'est-ce pas ta bonté, Grand Dieu! qui nous la donne?
N'est-ce pas du Soleil que la fleur se façonne,
Et n'est-ce pas le trait de ses viues clartez,
Qui fait naistre leur lustre & portrait leurs beautez,
Quand d'vn mesme rayon faisant diuerses choses,
Il donne aux lys le blanc, comme la pourpre aux roses?
Donc n'ayant pas promis, ô mon diuin Auteur!
Ce bien pour recompense au fidel seruiteur,
Il passe également la force, & le merite:
Mais il peut s'obtenir à force de poursuitte,
Et l'Amour eternel qui veut nous couronner,
Presse de demander ce qu'il cherche à donner,
Pourueu que nostre cœur remply de confiance
Expose ses besoins à l'œil de sa clemence.

Aprés tant de secours, tant de biens, tant de dons,
Qu'il plaist à l'Eternel de départir aux bons;

Il leur promet encor, s'ils suiuent sa Iustice,
Et s'ils sont affermis en son diuin seruice,
De dissiper l'orage, & d'vn souffle amoureux
Conduire leur vaisseau dans le port bien-heureux.

 Toutefois sa parole, & sa sainte promesse
Ne doit pas nous tenir dans la molle paresse ;
Car s'il agit sur nous d'vn amour sans égal,
Ce n'est communément qu'en l'ordre general,
Conduisant nos desseins auec sa prouidence,
Et benissant nos soins, & nostre diligence ;
Ainsi l'on doit agir, mais sans empressement
En attendant du Ciel l'heureux euenement.

 Il est tousiours heureux pour vne ame bien née,
Si lors qu'elle paroist la plus infortunée,
Elle sçait conseruer sa gloire & sa vigueur,
Contre tous les assauts que l'on donne à son cœur.

 C'est donc à ces esprits d'vne trempe commune
D'encenser les autels d'vne aueugle Fortune ;
Vn sage fait son sort au gré de sa raison,
Et les astres pour luy n'ont iamais de poison ;
S'il sçait changer en bien le mal qui le possede,
Et si de son venin il tire son remede.

 Comme vn fleuue grossi par ces fragiles monts,
Quand le Soleil en eau distille leurs hauts fronts,
Bien plus rapidement porte son onde enflée
Dans le sein de la mer dont elle est écoulée.

 De mesme le mortel possedant la vertu,
Dautant plus qu'on le charge estant moins abbatu,
Fort dans l'infirmité, puissant dans l'impuissance,

Auec plus de douceur, & plus de vehemence,
Se porte vers son centre, & se rend à sa fin;
Qu'il est plus accablé sous les coups du destin;
Et cet homme fragile, impuissant de luy-méme,
Lors qu'il est soustenu de la Grace supréme,
Change en sceptre les traits dont on le veut blesser,
Et l'on comble sa gloire en voulant l'offenser.
Pourroit-il éprouuer les coups du sort contraire,
Ioüissant en secret des delices du Pere?
Et pourroit-il languir sous le ioug des douleurs,
Si Iesvs regne en luy dessus vn char de fleurs?
Mais comme cet obiet ne se rend pas visible,
Que son impression souuent n'est pas sensible,
Que cet attrait si pur, au dessus de nos sens
Sans consolation les laisse languissans.
Quelquefois nous voyons que la longue misere
Presse vn homme moins fort, le transporte, & l'altere;
Et comme le coral dans la mer sans beauté
Ne reçoit sa couleur, auec sa fermeté,
Qu'alors que s'éleuant du vaste sein de l'onde,
Il sent le vif éclat du brillant œil du monde;
De mesme assez souuent'il se trouue des cœurs
Qui sont lasches & mols dans la mer des malheurs,
Et ne peuuent sortir de ce point miserable,
Sans voir d'vn heureux sort le rayon fauorable:
Lors l'Eternel leur donne autant d'heur qu'il en faut
Pour éleuer leur ame & la conduire en haut;
Puisqu'il agit sur nous auec tant de clemence,
Reposant nos esprits dessus sa prouidence,

Si

Si la seule Iustice est l'obiet de nos soins,
Son amour veillera tousiours sur nos besoins.

    Considerant l'excés de ta bonté suprême,
Ton Amour, ô mon Dieu! me rauit à moy-même,
Et comme nostre feu dans sa perfection,
Lors qu'il est le plus fort, est priué d'action,
Et qu'il est sans éclat au plus haut de sa sphere;
De mesme mon ardeur qui n'a rien de vulgaire
Portant vn mesme effet, sous de semblables loix
Fait arrester ma main, & m'étouffe la voix.

    Au defaut de l'encens, cher Auteur de mon ame,
Accepte le tribut de mon ardante flamme,
Et si j'ose esperer grace de tes bontez,
Imprime dans les cœurs ces saintes veritez;
Que si l'homme pecheur connoist son indigence,
Il soit persuadé de ta douce clemence,
Au liure de la foy relisant tous les iours
Le grand besoin qu'il a de ton diuin secours,
Qu'aprés ta sainte Grace incessamment il crie,
Que son azile soit ta douceur infinie,
Et si la peur l'atteint, qu'vn espoir amoureux
Le cache dans ton cœur sous l'éclat de ses feux.

    Mais sur tout des esprits chasse cette chimere,
Que le peché de l'homme est vn mal necessaire,
Montrant que de l'Enfer le superbe imposteur
Ne peut rien sur le monde ayant vn Redempteur,
S'il ne veut mépriser de cet amoureux Pere
L'amour dont il l'engendre aux douleurs du Caluaire.

    Si i'ay mis quelque erreur dedans ce long écrit,

S.

Quærite primùm regnum Dei, & omnia adiicientur vobis.

Conclusion.

Ie soûmets à l'Eglise & le cœur & l'esprit,
Cet Astre seul qui luit d'vne pure lumiere
Tient de son vif éclat ma raison prisonniere,
La Foy seule est mon guide, & son obscurité
Me tient lieu d'argument, de preuue & de clarté.

Mais si ie les immole aux portes du saint Temple,
Admirable Augustin, ce n'est qu'à ton exemple,
Retractant tes écrits sans voir rougir ton front
Tu t'attaques toy-mesme, & soustiens ton affront.

Cet acte à l'Eternel a donné plus de gloire,
Que n'a fait des Martyrs la sanglante victoire,
Leur sang sur ses autels à l'encens fut meslé :
Mais icy d'Augustin l'esprit est immolé,
Sacrifice parfait, action heroïque,
Exemple des sçauans, honte de l'heretique,
Et reproche aux esprits dont le malin orgueil
Fait gloire d'emporter leurs erreurs au cercueil.

Qu'on ne me vante plus ces illustres conquestes,
Qui parent de lauriers tant de superbes testes,
Si la gloire est l'obiet de chaque conquerant,
Qui sçait la surmonter, fait bien vn coup plus grand.

Toy qui iouïs du fruit de tes actes celebres,
Par tes brillans rayons, dissipe nos tenebres,
Rend les fameux amans de ta noble clarté,
Amoureux de l'estat de ton humilité,
Qu'ils suiuent ton exemple honorant ta doctrine ;
Et si dans quelque point la parole diuine,
Cette vierge du Ciel, se corrompt par leur sens,
Qu'ils retractent l'erreur par leurs humbles accens,

Faisant comme tu fis gloire de se dédire,
Pour regner auec toy dans le celeste Empire.
C'est maintenant le temps de cet acte fameux,
C'est maintenant le temps, diuin Esprit de feux,
Qu'ayant dessus l'Eglise épanché ta lumiere,
Tu nous dois accorder pour faire grace entiere,
Que chacun reüny fléchissant sous ta loy,
Conserue vn mesme cœur sous vne mesme foy.
Ferme plûtost mes yeux sous des ombres mortelles,
Que de leur laisser voir des troupes de rebelles,
Qui méprisant ta voix qui leur parle en ce iour
Par le Prince sacré de ta celeste Cour,
Refusent d'accepter cette Bulle diuine,
Dont ton souffle amoureux inspire la doctrine.
Ne permets pas ce mal Centre de la bonté,
Allume nostre flamme à ta viue clarté,
Lance ce trait charmant tout-puissant sur les hommes,
Qui triomphe à son gré de tout ce que nous sommes;
Et si tu nous apprend que IESVS meurt pour tous,
Applique maintenant son merite sur nous.
Ne te contente pas d'vne commune touche,
Il faut fléchir l'esprit, il faut fermer la bouche,
Reduire vne ame libre & soûmettre le cœur
A priser ses liens & cherir son vainqueur.
Quand les sens reuoltez, la passion émeuë
Altere la raison & nous troublant la veuë,
Couure d'vn voile épais les saintes veritez,
Que l'on ne peut bien voir qu'au iour de tes clartez :
Dans cet estat fascheux doux Maistre de nos ames,

N'auons nous pas besoin que tes plus viues flammes
Eleuent le mortel au dessus de ses sens,
Pour l'attacher à toy par des nœuds tout-puissans ?
Sois nous donc liberal de cette grace insigne,
Necessaire à chacun, & de qui nul n'est digne.

Ainsi soit-il.